KB059240

내 아내는 변태일지도 몰라

－거리감이 전혀 없었던 소꿉친구,
결혼하자마자 퐁당! 나한테 푹 빠졌습니다－

My wife
might be
A HENTAI.

Contents

My wife might be **A HENTAI**.

"있잖아, 유우키. 고마워."

"고맙다니, 뭐가?"

"내가 웨딩드레스를 입어보려고 하다가
거절당해서 아쉬워했잖아.
그래서 일부러 입게 해준 거지?"

호텔에서 코스튬 플레이

팬티에 관하여……

"우으……. 부끄러워.
하지만 유우키가 낡아빠진
팬티를 입는 것은
싫으니까……."

미타 신도 스즈카

유우키의 소꿉친구. 본디 성은 미타였는데 결혼해서 신도가 되었다.
밝고 사교적이고, 학교에서도 상당히 인기 있는 소녀. 유우키를
남자로서 좋아하는 것 같지는 않았는데…….

내 아내는 변태일지도 몰라

—거리감이 전혀 없었던 소꿉친구, 결혼하자마자 퐁당! 나한테 푹 빠졌습니다—

1

쿠로이 지음 / 한수진 옮김

권두 및 본문 일러스트 / 아유마 사유

My wife
might be
A HENTAI.

Suzuka Wife Childhood friend Hentai

내 아내는 변태일지도 몰라

Kuroi
illust. Ayuma Sayu

—거리감이 전혀 없었던 소꿉친구,
결혼하자마자 퐁당! 나한테 푹 빠졌습니다—

프롤로그

"좋아. 다음은…… 옷이다."

박스 테이프로 봉인되어 있는 상자를 향해 손을 뻗었다.

6LDK+S(맨 앞의 숫자는 방의 개수, L은 거실, D는 식당, K는 부엌, S는 서비스 룸. 즉 6LDK+S는 방 여섯 개, 거실, 부엌 겸 식당과 서비스 룸이 있는 집 구조)인 데다가 정원까지 딸려 있는 단독주택. 그런 집을 구입하고 아내와 함께 이사를 와서 짐을 푸는 중이었다.

신혼부부가 단둘이 살기에는 너무 호화로운 집이었다.

그러나 '결혼했으니까 새집에서 살고 싶지' 하고 과감하게 구입했다.

상자 속에서 차근차근 옷을 꺼내고 있는데, 내 아내이자 소꿉친구인 스즈카가 내 눈앞에 뭔가를 쑥 내밀었다.

"유우키, 네 팬티가 너무 낡아서 새것을 사놨어."

친근한 음성. 얼굴도 예쁘고 눈치도 빠른 여자였다.

그런 스즈카가 내 팬티를 보고 낡았다고 하면서 자기 마음대로 새 팬티를 사 왔다.

어린애도 아닌데 남이 사주는 팬티를 받는다는 것이 뭔가 이상한 느낌도 들었지만, 지금은 그게 문제가 아니었다.

스즈카가 사 온 타입이 트렁크가 아니라 드로즈형이란 것이 문제였다.

피부에 딱 달라붙어 몸의 라인을 뚜렷하게 보여주는 타입이었다.

딱 달라붙는 것은 별로 신경 쓰이진 않았다. 하지만 이러면 형태가 뚜렷이 보이게 된다.

그건 좀, 주변 사람들한테 봐 달라고 자랑하는 것 같아서 부끄러웠다. 그래서 나는 입고 싶지 않았다.

"왜 하필 드로즈야?"

"에헤헤. 트렁크보다 더 잘 어울릴 것 같아서~."

"내가 싫다고 하면 어쩔래?"

"에이, 괜찮아. 처음에만 부끄러운 거야. 익숙해지면 나쁘지 않을걸? 자, 입어봐, 응?"

"으. 아니, 역시 저항감이……."

"고집이 있네~. 그거 입는다고 닳는 것도 아닌데, 뭐 어때?"

투덜투덜 불만스럽게 구시렁거리는 스즈카.

그 말에 넘어갈 뻔했지만, 그래도 나는 그동안 쭉 입어왔던 친숙한 트렁크를 버릴 생각은 없었다.

"그래, 알았어. 네가 내 말을 들어주면 나도 입어줄게. 좀 기다려 봐!"

"흥, 어차피 말도 안 되는 부탁을 해서 나를 괴롭히려는 거지?"

아니, 그건 아니야.

내가 지금 어떤 심정인지 너한테 알려줄 수 있는 아주 완벽한 부탁이야.

이사를 오기 전에는 부모님과 함께 살고 있었는데, 그때 어머니한테 들켰다가는 수치스러워서 죽었을 것 같은 물건들을 모아놓은 상자 속을 뒤졌다.

그리하여 나는 무사히 원하던 물건을 발굴해 의기양양하게 들어 올렸다.

"나한테 드로즈를 입히려고 한다면, 난 너한테 이걸 입힐 거야. 알았어?"

"그, 그게 뭐야?! 변태 아냐?!"

내가 끄집어낸 것은 여자 속옷 하나였다. 천의 면적이 좁고 은근히 속이 비치는 팬티.

아, 물론 내가 이런 물건을 사는 변태라고 오해받으면 곤란하니까 여기서 보충 설명을 해둬야겠다.

"볼링장에 있는 뽑기 기계에서, 내 친구가 억지로 뽑게 한 거야. 나 참, 이딴 속옷을 뽑느라 1,000엔이나 썼다니까. 진짜 멍청한 짓이지."

"응, 진짜 멍청하네."

"어, 아무튼. 이걸 뽑았다는 게 중요한 문제가 아니고. 스즈카, 너도 이걸 입지 않는다면, 나는 이대로 계속 트렁크를 애용할 거야. 알았어?"

훗. 내가 이겼다.

나는 여유로운 표정을 지으면서 우쭐거렸다. 그때 스즈카가 부들부들 떨기 시작했다.

분해서 그러나? 그래, 분하지? 너는 이런 속옷을 입을 용기는 없을 테니까.

"······알았어."

"응?"

"그래, 알았다니까. 이 팬티, 입으면 되잖아?"

"아니, 잠깐만. 넌 부끄럽지도 않아?"

"유, 유우키, 그러는 너야말로 부끄럽지 않아? 낡아빠진 팬티를 계속 입고 다니다니."

"어차피 누가 보는 것도 아닌데······."

"내가 보잖아?! 적당히 좋은 분위기가 됐을 때, 내가 지저분한 팬티를 입고 있으면 어떨 것 같아? 너도 싫을 거 아냐?"

"그, 그건 그렇지."

"좋아하는 사람이 옷도 깔끔하게 입고 다니면 더 좋아지는 게 당연하잖아? 자, 그럼 입고 올 테니까 잠깐만 기다려!"

묘하게 화가 난 것처럼 어딘가로 사라지는 스즈카.

그 심정은 충분히 이해가 갔다.

스즈카가 옷을 벗었을 때, 깔끔하지도 않고 섹시하지도 않은 속옷이 나온다면······.

아니, 그건 또 그것대로 반전 매력이 있어서 나쁘지 않은데?

그런 멍청한 생각을 하고 있는데 스즈카가 쭈뼛쭈뼛 이쪽으로 돌아왔다.

"우으······. 부끄러워. 하지만 유우키가 낡아빠진 팬티를 입는 건 싫으니까······."

"무리할 필요는 없는데?"

"나, 나, 무리하는 거 아니거든?! 이, 이거 봐…….."

스즈카는 자신이 입고 있는 반바지를 슬금슬금 내렸다.

서서히 선정적인 속옷과 매끄러운 피부가 드러나기 시작했다.

볼링장에 있는 뽑기 게임기에서 1,000엔이나 투자하여 뽑은 속옷.

색상은 검은색이고 속이 훤히 비치는 재질. 팬티의 기본 기능은 도외시하고 오로지 남자를 농락하기 위해 존재하는 물건.

스즈카는 부끄러워하는 표정으로 반바지를 끌어 내리면서 나에게 그 모습을 보여줬다.

내 감정이 한층 더 격해지는 가운데 스즈카는 계속해서 반바지를 아래로, 아래로 밀어 내렸다. 나는 한동안 삼키는 것조차 잊어 버려서 고여 있던 마른침을 꿀꺽 삼켰다. 그런데 그와 동시에.

"부끄러우니까 여기까지. 끝!"

스즈카는 나를 유혹하는 것처럼 실컷 홀려놓더니, 클라이맥스 직전에 끝내버렸다.

그녀가 입고 있는 반바지는 원상태로 돌아갔다.

스즈카는 너무 부끄러워서 꼼지락거리면서 내 눈을 쳐다봤다.

"자, 나는 진짜로 입고 보여줬잖아? 그러니까 약속대로 너도 드로즈를 입어. 알았지?"

"싫다고 하면?"

"화낼 거야."

"어휴, 알았어. 그렇게 무서운 표정 짓지 마…….'

아무래도 내 아내는 빈틈이 없는 사람인 것 같았다. 얼렁뚱땅 넘어가는 것은 용납하지 않으시는 것이었다.

상대가 이렇게 잔뜩 서비스를 해줬으니, 나도 모르는 척 도망칠 수는 없구나…….

나는 스즈카가 건네준 드로즈를 입었다.

"크윽. 야, 그만해. 그렇게 자세히 보지 말라고!"

내 하반신을 뚫어져라 응시하는 사람은 물론 내 아내인 스즈카였다.

스즈카는 몸이 탄탄한 남자의 육체미를 좋아하는 여자였다.

만화가를 꿈꾸는 이 녀석은 참고 자료다 뭐다 하는 헛소리를 늘어놓으면서 내 육체를 노리는 경우도 종종 있었다.

"네 몸매는 딱 내 취향이야. 으헤헤헤…….'

생글생글 행복하게 웃으면서 만족스럽게 즐기고 계셨다.

그런 스즈카와 결혼한 지 한 달이 지났다.

새롭게 집을 사고, 거기서 나와 스즈카의 새로운 생활을 시작하게 되었다.

이렇게 유치하고 바보 같은 짓을 결혼하고 나서도 계속한다는 게 말이 되나? 하는 생각이 들지도 모르지만, 사실 우리가 이토록 미숙한 데에는 명확한 이유가 있었다.

"자, 슬슬 다시 짐이나 풀자."

"응~ 알았어."

옷이 들어 있는 상자에서 나는 **고등학교 교복**을 꺼냈다.

나와 스즈카는 아직 고등학교 3학년이었다.

게다가 명색이 부부인데도 스즈카가 굳이 다른 곳에 숨어서 옷을 갈아입고 온 데에는 이유가 있었다.

사귄 지 0일 만에 결혼했으므로 모든 것이 미경험이다.

아니, 정확히 말하자면 연인으로서 교제하지 않았을 뿐이지, 소꿉친구로서 사귀기는 했다.

그러나 결혼할 때까지 연인으로서 살아온 날은 0일이었다.

누가 억지로 시킨 것이 아니라 우리가 스스로 선택한 길.

후회는 없다. 그리고 앞으로도 후회 없이 살기 위해 노력할 작정이다.

"나 참, 정말로 터무니없는 일이 벌어졌구나……."

나는 우리가 결혼하게 된 경위를 문득 떠올렸다.

제1화 소꿉친구와 결혼한 데에는 복잡한 사정이……

고등학교 3학년, 봄. 벚꽃도 져서 이제는 완전히 잎이 무성해졌다.

하품을 하면서 학교 가는 길을 걷고 있는데, 눈이 반짝반짝 빛나는 여자애가 나에게 말을 걸었다.

"안녕!"

"응, 안녕."

"후후후……. 저기, 있잖아. 나한테 뭐 할 말 없어?"

이상하리만치 신이 나서 나에게 그렇게 물어보는 이 아이의 이름은 미타 스즈카.

나는 신도 유우키라는 자신의 이름을 인식하게 되기 전부터 이 여자애와 알고 지내왔다.

그래, 이른바 소꿉친구라는 관계였다.

"너한테 말해야 하는 것? 그런 게 있었나?"

"에이~ 있을 텐데. 그거 말이야, 그거. 엄청나게 중요한 거, 알지?"

"미안. 진짜로 모르겠어."

"프로 스카우터가 너한테 말을 걸었다며?"

"아, 응. 들켰네……?"

나는 초등학교, 중학교, 고등학교에서 내내 축구를 해왔다.

바로 얼마 전까지는 별 볼 일 없는 선수였었다. 그러나 노력한 보람이 있었는지 최근에는 꽤 실력이 좋아졌다.

프로 스카우터한테 주목을 받을 정도로.

쓸데없이 호들갑을 떠는 것도 싫어서 스즈카에게는 비밀로 했었는데, 아무래도 그걸 들켜버린 모양이다.

"왜 나한테 숨겼어?"

"시끄러워질 것 같아서."

"우와~ 너무해. 내가 옛날부터 응원해 줬으니까 그냥 가르쳐 줘도 되잖아."

"네가 나를 응원해 주니까 그런 거야."

그렇다. 스즈카는 옛날부터 축구 선수가 되겠다는 나의 꿈을 응원해 주고 있었다.

그래서 말하고 싶지 않았다. 스즈카를 괜히 기대하게 만들고 싶지도 않았고.

스카우터와 접촉한 것은 꽤 오래전 일이니까 완벽하게 숨기는 데 성공했다고 생각했는데······.

"유명해지기 전에 지금 사인을 받아 둬야겠어."

"아, 이거 봐. 이럴 줄 알았다니까. 야, 넌 나에 대한 기대가 너무 커."

"그야 뭐, 어릴 때부터 계속 지켜봤으니까. 그야말로 자기 자신처럼 신경이 쓰이는 거지."

"나 참, 나한테 그런 말을 해봤자······."

프로 스카우터한테 주목을 받았다고 해봤자, 그 수준은

천차만별이다.

나 같은 놈은 '좀 괜찮아 보인다'고 생각되는 수준에 불과했다.

아직은 실력도 실적도 부족했다. 실제로 스카우터가 그 점을 지적하기도 했다.

『앞으로 열심히 노력하면, 그때 다시 너한테 말을 걸든가 할게.』

그렇게 '관심은 좀 있지만 최우선은 아니다'란 식으로 딱 잘라 말했던 것이다.

"뭐야, 여기서는 당연히 '나는 꼭 프로 선수가 될 거야!' 하고 멋지게 선언해야 하는 거 아냐?!"

"말도 안 되는 소리 하지 마. 앞으로 네 달만 있으면 은퇴하는데. 그건 100퍼센트 불가능하잖아."

"그런가."

"뭐, 그래도 노력은 해볼 거야. 여름에 있는 마지막 대회까지는……."

프로가 된다는 꿈.

그건 이미 포기했다. 되고 싶다고 생각은 하지만, 사람은 자기 분수를 알아야 한다.

그렇기 때문에 올여름에 있는 마지막 대회는…… 내 노력의 집대성으로 만들고 싶다.

"그럼 얼마 안 남았네. 이왕 지금까지 노력해 왔으니 끝까지 열심히 해봐, 알았지?"

스즈카는 왠지 섭섭해 보이는 표정으로 응원해줬다.

어휴, 네가 그런 표정을 지으니까, 스카우터가 나한테 접근했다는 사실은 말하고 싶지 않았던 거야.

조금이라도 꿈을 이룰 수 있을지도 모르는 가능성은 있다.

그러나 자유롭게 꿈을 좇을 수 있는 기간은 이제 곧 끝나 버린다.

"스즈카. 이건 내 개인적인 일이잖아. 그런데 너는 왜 그렇게 자기 일처럼 생각해 주는 거야?"

"그야 뭐, 소꿉친구이니까."

"……소꿉친구는 원래 그런 거야?"

"그런 거 아니겠어? 어린 시절부터 친하게 지냈잖아."

친하게 지냈다……. 그래, 그건 맞다. 학교 가는 길에 마주치면 이렇게 수다를 떨기도 하니까.

우리 둘은 나란히 걸었다. 그러고 보니 어느새 우리는 키 차이도 많이 나게 되었다.

주변 사람들이 자주 우리에게 물어본다. 너희들은 그렇게 친한데도 안 사귀니? 하고.

하지만 실제로 사귀진 않는단 말이지…….

♡ ♡ ♡

마지막 대회까지 열심히 노력해 봐! 하고 응원을 받았으니, 나도 노력하지 않을 수 없었다.

축구부에서는 스타팅 멤버.

시합에 나가고 싶은데도 나가지 못하는 동료도 있다.

우리 축구부 대표로서 노력하기로 한 이상, 설렁설렁 할 수는 없었다.

우승은 못 하더라도 조금이라도 더 나은 성적을 남기기 위해서, 기합을 넣고 열심히 연습에 임했다.

연습, 또 연습. 스포츠를 직업으로 삼은 사람이나 대학교에서 동아리 활동을 하는 사람이 아니라면, 아마 이렇게까지 힘들게 운동을 할 기회는 없겠다 싶을 정도로 엄청났다.

가능한 한 노력해서 마지막에는 기분 좋게 끝내고 싶었다.

지더라도 후회는 하지 않도록.

마지막에는 개운한 기분으로 은퇴하는 것이 현재의 목표였다.

"다들 고생했어. 그럼 문단속은 부탁할게."

우리 집은 학교에서 멀었다.

전철을 한 대만 놓쳐도 귀가 시간이 20분 넘게 늦어진다. 그래서 나는 서둘러 동아리실에서 나왔다.

그런데 사물함에 휴대폰을 놔두고 온 것을 깨닫고 다시 그곳으로 뛰어 돌아갔다.

동아리실 안에서 왁자지껄하게 떠들면서 가볍게 몸을 풀고 있는 우리 팀 동료들.

내가 방 안으로 들어가려고 문손잡이에 손을 댔을 때였다.

"아~ 진짜. 짜증나서 못 해먹겠네. 프로 스카우터한테 좋은 말 한 번 들었다고 그렇게 유세를 떨어도 되는 거야……?"

부원 한 사람이 악담을 했다.

그러자 또 다른 부원이 그 화제를 이어나갔다.

"응, 그렇지……? 진심으로 프로가 될 수 있다고 생각하는 건가? 제정신이 아니잖아. 사실 우리 고등학교는 그렇게 축구를 잘하는 학교도 아닌데."

악담이 계속 이어지면서 점점 더 수위가 높아졌다.

나는 프로 스카우터한테 좋은 말을 들었기 때문에 열심히 하고 있는 것이 아니었다. 단지 이제는 진짜 마지막이기 때문에, 기분 좋게 동아리 활동을 끝내고 은퇴하려고 최선을 다해 임하고 있는 것이었는데…….

나는 반박하고 싶어서 방 안으로 들어가려고 했다. 그런데 문손잡이를 붙잡은 손에 힘이 들어가지 않았다.

들어가려야 들어갈 수 없는 분위기가 감도는 방. 나는 거기서 그대로 도망쳤다.

방금 그것은 나쁜 꿈이다. 그렇게 믿으면서…….

♡ ♡ ♡

휴대폰을 실수로 놔두고 집에 돌아갔던 그날로부터 1주일 후.

나는 축구부에서 땀 흘려 운동하다가 다리를 다쳤다.

다친 곳을 냉찜질했지만 아픔은 사라질 기미가 보이지 않았다. 그래서 조퇴하여 집에 돌아가기로 했다.

보건실에서 빌렸던 아이스팩을 반납하고 복도로 나왔다. 그렇게 잠시 걷고 있는데, 누군가가 내 등을 가볍게 두드리면서 말을 걸었다.

"야! 유우키. 무슨 일 있어?"

"아, 스즈카. 아니, 다리를 좀 다쳐서. 오늘은 이만 집에 가려고."

"흐~응. 그렇구나. 왜, 좀 더 노력하지 않고?"

"넌 피도 눈물도 없냐. 다쳤다니까. 좀 쉬게 해줘라."

약간 질질 끌고 있는 오른발을 보여주면서 말했다.

그러자 스즈카는 조금 미안해하는 것처럼 대답했다.

"아, 그래. 염좌야? 그럼 어쩔 수 없지."

"아니, 그런데 너는 왜 나한테 말을 건 거야?"

"집에 가려고 걷고 있었는데, 축구를 엄청 좋아하는 내 소꿉친구 남자애가 보건실로 들어가는 장면을 우연히 목격했거든. 그래서 괜찮은 건가~? 하고, 일부러 너랑 이야기를 좀 해보려고 매복하고 있었던 거야. 어때? 이렇게 예쁜 내가 널 걱정해 줘서 기뻐?"

"예쁘지는 않다고 말해주고 싶은데, 예쁜 것은 사실이니까, 으음……."

스즈카는 몸집은 작아도, 나올 곳은 잘 나와서 몸매가 아주 좋았다.

눈은 크고 또렷했고, 입술은 촉촉하고 반들반들했다. 눈

썹 모양도 부드러워 보였다.

그리고 특히 솜사탕처럼 볼륨감이 있는 보브 헤어가 정말로 잘 어울렸다.

누가 어떻게 봐도 예쁜 사람이었다. 이상, 설명 끝.

"응, 그렇지?! 자, 이제 기운 내."

"알았어."

"저기, 너무 무성의한 거 아냐? 유우키. 이렇게 너와 같이 걸어 다니는 것은, 나로서는 상당한 불이익을 감수하는 거라고? 안 그래도 툭하면 연인이라고 남들한테 오해를 받는데 그게 더 심해질 테니까."

"너와 내가 연인이라는 게 말이 되냐. 우리는 그냥 소꿉친구잖아."

"아, 물론 나는 네가 원한다면 사귀어 줄 수도 있는데?"

스즈카는 대담하게 씩 웃으며 나를 놀렸다.

누가 너한테 고백 같은 것을 하겠냐?! 하고 일축해 버리고 싶었지만…….

이 녀석은 외모도 훌륭했지만 성격도 훌륭했다.

그동안 몇 번이나 싸웠는데도 몇 번이나 화해하면서 우리는 오늘도 사이좋은 소꿉친구로 계속 잘 지내고 있었다.

연인이 된 모습이 구체적으로 머릿속에 떠오르지는 않았지만, 사귀는 것은 충분히 '가능'했다.

"스즈카. 네가 꼭 나와 사귀고 싶다고 한다면, 나도 한번 생각해 볼 수는 있는데?"

하지만 현재의 관계성 이상의 뭔가를 상상할 수 없었다.

그러니까 연인이 되기를 바라지는 않는다……고 생각한다.

"우와, 뜻밖이네. 나만큼이나 예쁜 내 여동생 토우카의 고백은 항상 거절하면서, 내 고백은 받아주는 거야?"

"토우카는 너와는 달리 친구로 생각하고 있는 게 아니라, 여동생처럼 생각하고 있으니까……."

스즈카에게는 여동생이 있었다. 그 이름은 토우카.

토우카한테는 몇 번이나 고백을 받았지만 난 지금도 계속 거절하고 있었다.

거절하는 이유는 단순했다. 나는 어린 시절부터 쭉 토우카를 여동생 같은 존재로 생각해왔기 때문이다.

스즈카는 이성으로 볼 수 있는데도 토우카는 그렇게 볼 수 없었다.

"토우카는 안 되고, 나는 된다. 후후후. 알았다, 그럼 나를 좋아하는 거지?"

"아니거든? 이성으로 볼 수 있다는 것뿐이지. 그러는 너야말로 여태 아무도 좋아한 적 없으면서 나는 괜찮다는 거야? 나를 좋아하는 거지?"

"아닌데요? 나는 무조건 너랑 사귀고 싶다! 하고 생각하는 것도 아니고. 뭐, 어쨌든 사귀고 싶어지면 사양하지 말고 말하게나. 알았지? 유우키 군."

일부러 나를 '유우키 군'이라고 부르면서 으스대는 스즈카.

나도 이에 대항하듯이, 스즈카를 부를 때 오랫동안 사용하지 않았던 '스즈카 쨩'이라는 호칭을 사용해봤다.

"그러는 스즈카 쨩이야말로 어때? 나랑 사귀고 싶으면 울면서 애원해 봐."

"여자친구가 있어본 적도 없으면서 잘난 척하기는."

"아니, 너도 남자친구가 있어본 적도 없으면서 왜 그렇게 여유가 넘치는 거야?"

오늘도 역시 나와 스즈카는 변함이 없었다.

──그저 사이가 좋은 소꿉친구였다.

♡ ♡ ♡

어느새 나는 우리 집 근처의 역 앞까지 돌아와 있었다.

그리고 나의 부상을 유난히 걱정해 주는 다정한 소꿉친구는 이렇게 심한 말씀을 하셨다.

"축구를 할 수 없는 몸이 되어버린 유우키를 위로해 주고 싶어. 그러니까 복권이라는 새로운 꿈을 선물해 줄게!"

"야, 축구를 할 수 없는 몸이라니, 그런 말 하지 마. 진짜로 안 나으면 어쩌려고 그래?"

내가 그렇게 불만을 표시했지만, 스즈카는 이미 지갑까지 꺼냈을 정도로 구매 의욕이 넘치고 있었다.

그러나 지갑 속을 보더니 멋쩍은 미소를 지으며 나를 쳐다봤다.

"왜 그래?"

"꿈은 크게 가져야지! 하고, 개당 300엔짜리인 놈을 사주려고 했는데. 그냥 개당 100엔인 좀 소소한 놈으로 해도 돼?"

요컨대 돈이 없다는 뜻인가.

나 참, 고등학생이 지갑 속에 300엔도 없다니, 그래도 되는 거야?

"얼마나 모자란데?"

"150엔!"

"야. 넌 지갑 속에 150엔밖에 없냐……? 그래도 괜찮아?"

"응, 집에 가면 용돈을 받을 예정이니까 괜찮아. 아, 그런데 혹시 300엔짜리 복권을 살 수 있도록 네가 돈을 절반은 내주려는 거야?"

"뭐, 이왕이면 그게 좋지. 그리고 네가 나한테 지나치게 신경 써주는 게 마음에 안 들거든. 만약에 당첨돼서 떼돈을 벌게 되면 절반은 너한테 나눠줄게."

지갑에서 돈을 꺼내 스즈카에게 건네줬다.

"좋아, 그럼 네 말대로 당첨됐을 때에는 깔끔하게 반씩 나누는 거다?! 나 갔다 올게!"

이 녀석은 사양할 줄을 모르는구나. 나를 위로해 주는 거 아니었어?

그러고 보니 복권은 구매 연령이 제한되어 있지 않나? 그런 생각을 잠깐 했는데.

아무래도 연령 제한 같은 것은 없었나 보다.

복권 한 장을 보란 듯이 팔랑팔랑 흔들면서 스즈카가 이쪽으로 달려왔다.

"샀어!"

"잘했어."

"이거 혹시 당첨되면 어쩔래?"

"어차피 당첨되지는 않아. 기대도 안 해."

"그렇구나. 참고로 나는 당첨되면 액정 타블렛을 살 거야!"

"액정 타블렛? 아, 컴퓨터로 그림을 그리는 도구였나?"

"맞아. 지금은 펜 타블렛을 쓰고 있으니까……. 아, 이 복권은 누가 가지고 있을래?"

"그냥 네가 가지고 있어도 돼."

복권을 소중하게 지갑 속에 집어넣는 스즈카.

사양할 줄은 몰라도 어쨌거나 나를 위로하려고 뭔가를 해 줬으니까. 이 녀석은 꽤 괜찮은 소꿉친구이다.

아니, 아주 좋은 소꿉친구인가. 오늘의 내 부상은 아픔보다도 정신적인 충격이 더 컸으니까. 스즈카의 이런 행동이 고마웠다.

"뭐야, 왜 그렇게 나를 쳐다봐?"

"아니, 그냥."

고맙다고 인사하기는 왠지 좀 부끄러워서 말을 꿀꺽 삼켰다.

솔직하게 고맙다고 인사하지 못하는 것은 내가 아직 어리다는 증거일 것이다.

인사 대신이라고 하기는 뭐하지만, 다음에 뭐라도 하나

사줄까······.

♡ ♡ ♡

계절에 따라 옷도 갈아입어서 이제는 반팔 하복을 입게
되었다.

눈 깜짝할 사이에 3학년 1학기 기말고사가 코앞까지 다가
와 있었다. 다시 말해 여름방학 직전이었다.

시험이라는 가장 큰 적이 기다리고 있는데도 모두들 신이
나 있었다.

여름방학이 되면 어디로 놀러 갈까? 하는 식으로.

고등학교 3학년 여름은 각자의 진로를 목표로 노력하는,
제일 중요한 준비 기간이다.

이 시간을 어떻게 사용하느냐에 따라 장래의 향방이 크게
달라지는 것은 확실했다.

그러니까 신나게 노는 것은 말도 안 되는 짓인데······.

그래도 조금은 숨 돌리면서 쉬어도 되지 않을까? 하는 것
이 내 생각이었다.

"3학년생이니까 어디 놀러 갈 여유는 별로 없잖아. 그렇
다면 한 번을 놀아도 성대하게 놀 수 있는 바다나 산 같은
곳으로, 1박 이상의 스케줄로 놀러 가고 싶어······."

같은 반 친구이자 상당히 잘생긴 녀석인 다나카가 그런
식으로 방침을 정했다.

진로 문제로 인해 이런저런 제약을 받는 고등학교 3학년. 놀 시간은 조금밖에 없었고 한정되어 있었다.

그렇기 때문에 그 시간을 어떻게 유의미한 시간으로 만들까? 하고 심각하게 고민하는 것이었다.

"그럼 돈은 어떻게 해?"

또 한 명의 친한 친구인 사토가 돈 걱정을 했다.

나는 그 점은 걱정 없다는 사실을 깨달았다.

"어차피 수중에 돈이 남아 있으면 '우리 또 어디 놀러 갈까?'란 이야기가 나오지 않겠어? 확실히 그냥 딱 한 번 화려하게 노는 것이 괜찮을지도 몰라. 이 아이디어를 내놓은 다나카는 그렇다 치고, 사토, 너는 어때?"

"이의 없음. 올해는 놀러 가는 횟수는 줄이는 게 낫겠지. 앗, 선생님 오셨다."

아직 충분히 이야기를 나누지 못했지만 담임선생님이 교실에 오셨기 때문에 우리는 각자 자리로 돌아갔다.

선생님이 교단에 서서 간단하게 종례를 하기 시작했다. 그 도중에 문득 어떤 생각이 떠올랐다.

그러고 보니 오늘 스즈카는 나와 마주칠 때마다 왠지 심하게 히죽히죽 웃고 있었지.

지금도 그런가? 하고 확인해 보려고 스즈카를 돌아봤다.

나와 눈이 마주치자 얼굴을 일그러뜨리는 스즈카.

흠, 기분 나쁜 표정이다.

도대체 뭐가 어떻게 된 건지 모르겠네. 왜 그런 표정을 지어? 하고 째려봤더니…… 상대의 표정은 한층 더 악화됐다.

진짜로 무슨 일이 있었던 걸까?

♡ ♡ ♡

종례가 끝나자마자 누군가가 갑자기 내 등짝을 철썩 때렸다.

"오늘은 집에 갈 때 우리 집에 들렀다 가라!"

"대체 무슨 일인데? 너 오늘 진짜 이상하거든?"

"에헤헤~. 그야 뭐, 응……. 아직은 비밀이야!"

"너희 집에 들르면 된다는 거지?"

"응!"

나는 스즈카와 함께 걸었다. 오랜만에 스즈카의 방에 가려고 미타네 집 현관으로 들어갔다.

그런데 정말 운 나쁘게도, 스즈카의 어머니이자 내가 '이모'라고 부르는 사람과 딱 마주치고 말았다.

예나 지금이나 늘 아름다운 사람. 늙어가는 느낌이 전혀 안 나는 대단한 분이셨다.

얼굴에는 주름이 없었고, 몸매도 모델인가 싶을 정도로 날씬했다.

스즈카와 같이 돌아다니면 가끔 남들이 자매라고 착각하기도 하는 모양이다.

젊음의 비결은 단순했다. '남편에게 평생 아름다운 내 모습만 보여주고 싶다'고 생각하기 때문이란다.

"어머나, 웬일이니? 유우키. 네가 우리 집에 오다니."

"이모, 오랜만이에요. 잘 지내셨어요?"

"우후후. 언제 이렇게 예의 바른 애가 되었니. 존댓말 같은 거, 안 써도 된단다? 그리고 이모라고 부르지 말고, 그냥 옛날처럼 스즈카네 엄마~라고 불러도 되는데."

"아하하하……."

"그래, 오늘은 무슨 일로 왔니?"

반짝반짝 눈을 빛내는 이모.

옛날부터 나와 스즈카의 관계성에 관심이 있어서 "언제 사귈 거야?"라고 물어보기도 할 정도였다.

사실 이제는 스즈카네 집, 아니, 미타 가족이 사는 집에 내가 들어가는 일은 거의 없었다.

그런데 내가 이렇게 불쑥 이 집에 찾아왔으니, 우리의 관계성에 무슨 변화가 생겼나? 하고 오해를 받는 것도 당연했다.

"그냥 중요한 할 말이 있어서 데려온 거야. 자, 됐으니까 엄마는 저리 가. 아, 과자나 음료수 같은 것도 안 가져와도 돼. 알았지?"

"아~ 그래, 알았어. 방해는 안 할게요. 그럼 유우키, 편하게 놀다 가렴."

이모와 헤어지고 계단을 올라가서 스즈카의 방으로 들어갔다.

은은하게 좋은 향기가 감도는 방. 진심으로 만화가를 목표로 한다는 사실을 증명하기라도 하는 것처럼 그 방에는 오타쿠 물품이 잔뜩 있었다.

오랜만에 들어와 보네~ 하고 감상에 젖을 여유도 없었다. 스즈카가 수납장에서 은행 통장을 꺼내 왔다.

"짠! 나도 완전히 까먹고 있었는데, 그 복권의 존재가 문득 생각나서 번호를 확인해 봤더니, 놀랍게도 당첨이 됐습니다!"

"아, 그래? 그러고 보니 복권을 둘이서 샀었지."

스즈카가 내민 통장을 받아서 금액란을 봤다.

기껏해야 5,000엔쯤 되려나. 기분이 좀 좋아지는 정도의 금액일 게 뻔했다.

스즈카는 그걸 괜히 호들갑스럽게 보여줘서 나의 기대감을 부추기려고 하는 것이리라.

그렇게 속으로 코웃음을 치면서 통장을 확인했는데…….

어~ 그러니까.

일, 십, 백, 천, 만, 10만, 100만, 1000만…….

"1, 10억?!"

"어때, 장난 아니지? 너 놀라게 해주려고 혼자 받으러 갔었어!"

"와, 진짜야……? 아니, 이게 진짜야?!"

주먹을 불끈 쥐고 기뻐했다.

스즈카와 약속한 내용에 의하면 여기서 절반은 내가 받게 되는 것이다.

"으하하하, 유우키 네 이놈. 내가 복권을 사준다고 할 때 순순히 받을 것이지, 공정하게 '반씩 나누자'고 한 것이 치명적인 실수였구나!"

"아니 뭐, 이렇게 큰 금액이잖아. 그래도 상관없어."

"역시 나의 소꿉친구야. 너무너무 착하네. 저기, 그래서. 놀랐어? 유우키, 놀랐어?"

"엄청나게 놀랐어. 자, 그럼 우리 둘이 반씩 나누면……."

어? 아니, 잠깐만.

설마 이건……. 크, 큰일 난 거 아냐?

"아, 이게 당첨 증명서야! 어휴~ 굉장하지 않아? 설마 진짜로 당첨될 줄은 몰랐는데."

"그, 그러게……."

당첨 증명서를 봐도, 거기에 내 이름은 없었다.

아……. 역시 이건, 문제가 있어 보이는데?

"안색이 안 좋아 보이네. 왜 그래?"

미리 환금을 해서 나를 '깜짝 놀라게 해주마'라는 그 심정은 충분히 이해가 갔다.

이 돈을 독차지하려고 지금까지 입 다물고 있었던 것은 아니다.

나한테 분명히 "당첨됐어!"라고 보고를 했으니까. 정말로 나를 깜짝 놀라게 하는 것이 목표였을 것이다.

놀랐지? 하고 활짝 웃으면서 나를 쳐다보는 소꿉친구.

그러나 어떤 가능성을 눈치채버린 나는 기분이 조금 안 좋아졌다.

"있잖아, 있잖아. 1등에 당첨되다니 대박이지? 큰일도 이런 큰일이 없어!"

"응, 정말 큰일 났다."

천하태평이라서 이 사건의 중대함을 눈치채지 못한 바보한테 나는 그렇게 말했다.

"스, 스즈카. 나도 자세히는 모르지만, 이 세상에는 증여세라는 세금이 있다고 들었는데."

"즈, 증여세가 뭐야?"

"자, 잠깐만. 나도 돈을 남한테 줄 때 매겨지는 세금이라는 것 말고는 아무것도 몰라."

우리 둘은 휴대폰을 꺼내 증여세를 조사해 봤다.

증여세란 무엇인가. 누군가에게 재산을 받을 때 발생하는 세금인 것 같았다. 그 세율은 높은데, 금액이 크면 클수록 세율도 높아지는 누진 과세 방식이었다. 금액이 3000만 엔이 넘으면 55퍼센트 과세. 지독하게 높은 세율이었다.

그리고 증여세를 내야 하는 사람은, 그것을 받는 사람이었다. 이 경우에는 내가 세금을 내야 하는 입장이다.

만약에 스즈카한테 5억 엔을 한꺼번에 받는다면, 상당한 금액의 세금을 국가에 납부해야 할 판이었다.

물론 이런 사태를 방지할 수단이라고 해야 하나, 복권을 공동으로 구입했어도 증여세 없이 돈을 받을 방법은 분명히 있었다.

여러 명이 공동으로 돈을 내서 구입한 복권의 당첨금을 받으러 갈 때에는, 당첨 증명서에 공동으로 구입한 사람들 전원의 이름을 적어놓고 분배 비율을 정하면 된다고 한다.

그런데 이미 당첨금 수령을 끝내버린 지금.

실은 우리 둘이 돈을 같이 내서 이 복권을 샀습니다! 하고 뒤늦게 주장해 봤자 소용없을 것이다.

거의 100퍼센트의 확률로 증여세를 안 내려고 핑계를 대는 것처럼 보일 것이다.

표정이 어두워진 스즈카에게 나는 머리를 싸쥐면서 말했다.

"이건 상상했던 것보다 훨씬 더 심각한 일일지도 몰라……. 스즈카, 너한테 한꺼번에 5억 엔을 받았다간 절반 이상은 허공으로 날아가 버리겠는데?"

"뭐? 저, 절반이나 날아간다고?"

"응, 아마도."

"우리가 뭔가 착각한 게 아닐까……?"

"그럴 가능성은 거의 없다고 생각해."

당첨된 것은 기쁘지만, 그보다 더 심각한 스즈카의 실수 때문에 우리의 얼굴은 새파랗게 변해갔다.

당황하여 부들부들 손을 떨고, 입술을 떨고. 그러면서 스즈카는 내 눈을 쳐다보며 도움을 청했다.

"어, 어쩌지?"

"글쎄, 우선은 진정해 봐."

"아니, 그렇게 말을 해도, 어떻게 진정할 수가 있어……? 저기, 그럼 어떻게 되는 거야?"

"어쩔 수 없지, 뭐. 고액의 세금을 내는 수밖에 없어. 아니, 세금을 줄이기 위해 그걸 소액으로 나눠서 나한테 주는 것도 가능하지만……."

"10억의 절반인 5억을 세금 없이 너한테 주려면 도대체 얼마나 시간이 걸리는데?"

"어, 연간 110만 엔까지는 증여세가 부과되지 않는 것 같으니까……."

"약 454년?"

증여세의 존재는 몰랐지만, 머리 회전은 빠른 스즈카는 즉시 답을 내놓았다.

"그사이에 다섯 번은 족히 죽을 수 있겠다."

"유, 유우키. 화났어?"

"응, 조금. 그래도 우리가 보통 사이냐. 이미 벌어진 일은 벌어진 거고. 어쩔 수 없지."

"으, 응. 미안해. 나 때문에……."

"신경 쓰지 마. 애초에 네가 복권을 사자고 제안해 주지 않았더라면 한 푼도 못 벌었을 텐데, 뭐. 돈을 받는 것만 해도 고맙지."

"하지만……."

"어휴, 울지 말라니까."

울음을 터뜨릴 것 같은 스즈카를 위로해 줬지만, 실은 나도 숨쉬기가 힘들어졌다.

모처럼 거금을 손에 넣었는데, 사소한 실수 때문에 이렇게 많은 돈을 잃어야 하다니…….

후회가 점점 커지면서 기쁨과 속상함이 동시에 나를 덮쳤다. 뭐가 뭔지 알 수 없었다.

이건 더 이상 나와 스즈카의 힘으로는 해결할 수 없을 것 같다는 느낌이 들었다.

어쩌면 그 외에도 온갖 위험한 함정이 있을지도 모른다. 누군가 의지할 만한 어른에게 부탁해서, 이 사태를 수습하는 것을 도와 달라고 하는 것이 최선이다. 우선 스즈카의 어머니인 이모랑 상담이라도 해봐야겠다.

나는 방문을 열었다.

그랬더니 이모가 입을 딱 벌리고 얼빠진 얼굴로 바닥에 주저앉아 있었다.

"여기서 뭐 하세요?"

"오랜만에 우리 딸이 유우키를 데려왔으니까 궁금해서 와 봤지. 아니, 그런데 엄청나게 놀라운 이야기가 들려서, 넋이 나가 버렸어."

"아, 네."

"우리 애가 사고를 친 거야?"

"네, 화려하게."

"미안하구나. 우리 애가…….'

"어, 그래서 지금부터 어떻게 할까? 하던 참이었죠. 저랑 스즈카 둘이서는 해결을 못 할 것 같아서요. 일단 이모한테 이야기를 해보려고 생각했어요."

"아, 그, 그건, 그거지? 증여세 문제에 시달리지 않고 둘이서 돈을 나누려면 어떻게 해야 할까? 하고 나랑 상담해보려고 했던 거지?"

이모께서 다 엿들어 주신 덕분에 내가 설명할 필요가 없으니 다행이었다.

"네. 그 외에도 상담하고 싶은 문제는 있는데요. 가장 큰 문제는 그거예요."

스즈카의 어머니는 고뇌하기 시작했다.

말없이 눈을 감고 끙끙거리면서 뭔가 좋은 방법이 없을까 하고 필사적으로 생각을 하고 있었다.

그리고 수십 초 후. 이모는 터무니없는 묘안을 우리에게 제시했다.

"결혼하는 건 어때?"

"네?" "뭐?"

나와 스즈카는 똑같이 얼빠진 소리를 냈다.

아니, 왜요? 하고 반론하기도 전에 이모가 설명을 계속했다.

"부양가족끼리는 생활에 필요하다고 인정되는 것에 사용된 돈에 대해서는, 증여세가 부과되지 않아. 증여세 때문에 반드시 당첨금의 분배 방식을 두고 싸우게 될 텐데. 유우키가 스즈카와 결혼하면 그 문제는 사라질 거야. 그러면 그럭 저럭 하나의 재산을 가지고 같이 살아갈 수 있을 테니까."

"아니, 지금 농담하시는 거 아니에요?"

"마, 맞아. 엄마! 농담하지 마, 응?"

"돈을 분배하려고 하니까 싸우게 되는 거야. 그래, 분배할 필요가 없어지면 싸우지도 않고, 세금도 부과되지 않아. 알 겠어? 이 아이디어의 어디가 농담 같다는 거니? 나, 나도, 나름대로 열심히 생각을 해본 거거든?"

"그건 위장결혼이고……. 그냥 탈세 아닌가요……?"

"어머나, 위장이라고 말하지 마. 너희는 서로 좋아하잖아. 나는 다 알아. 너희 둘이 상대를 의외로 나쁘지 않다고 생각 한다는 것을."

"그야 뭐, 따지고 보면 괜찮긴 하죠."

"그럼 문제없네? 유우키, 너는 그동안 몇 번이나 토우카 한테 고백을 받았어도 거절했는데 스즈카는 괜찮단 말이지. 그건 단순히 스즈카를 좋아한다는 거잖아? 응, 맞아. 지금 너희들이 결혼을 해도 그것은 평범한 결혼이야. 위장결혼이 니 뭐니 하는 웃기는 게 아니라고!"

제멋대로 날조를 당한 연애 감정은 일단 무시하고, 이모 가 해주신 제안은…….

어라? 최선의 해결책이 아닌가?

가족이 되어 생계를 같이한다면, 내가 대학교에 다닐 때 학비를 스즈카가 통째로 내줘도 증여세는 발생하지 않는다. 또 내가 외식을 했을 때 스즈카가 돈을 내더라도 그것은 생활비의 범위 내에 포함된다.

제약은 많지만, 그래도 나쁘지 않은 제안일지도 모른다.

"유우키가 정확히 5억 엔을 쓸 수 있도록 돈을 주려면, 10억 이상이 필요하대……."

스즈카는 휴대폰으로 증여세를 좀 더 자세히 조사해 보더니 한층 더 얼굴이 파래졌다.

이모 말씀대로 나와 스즈카가 정확히 반반씩 돈을 나누려고 한다면 엄청난 파란이 일어날 것이다.

당첨금을 둘러싼 무자비한 혈투(?)가…… 시작될지도 모른다.

그리고 지금 이 단계에서는 내가 압도적으로 불리했다.

스즈카가 복권을 가지고 입을 싹 씻어 버린다면, 공동 구입을 했다는 증거도 거의 없으니까 재판을 해봤자 질 것이다.

어쩌면 마음이 바뀌어서 스즈카가 돈을 가지고 도망칠지도 모른다.

어느 날 홀연히 스즈카가 내 앞에서 모습을 감춘다면, 나는 너무 분해서 지구 끝까지 쫓아갈 것이다.

하지만 결혼한다면? 지금 내가 느꼈던 불안은 사라지는 거나 마찬가지다.

결혼해서 스즈카와 생계를 같이한다면 증여세 없이 다양

한 방식으로 돈을 받을 수 있다.

집세, 식비, 수도 및 광열비 등 생활비를 스즈카에게 내 달라고 한다.

자동차도 내 명의는 아니어도 스즈카 명의로 구입해서 자유롭게 쓸 수 있을 것이다.

하지만, 결혼이라니……. 아니, 내가 스즈카와 결혼을 한다고?

그런 황당한 생각을 하고 있는데 스즈카가 갑자기 내 앞에 와서 섰다.

"제, 제가 많이 부족하지만, 모, 모쪼록 잘 부탁드리겠습니다."

"쉬, 쉽게 결정했네? 너는, 그래도 되겠어……?"

"유우키, 네가 5억 엔을 전부 다 쓸 수 있도록 내가 너한테 돈을 주려면, 10억 엔 이상을 주지 않으면 증여세 때문에 문제가 생겨. 그러면 내 몫의 돈이 다 사라지잖아. 그럴 거면 너와 결혼하는 게 낫지, 안 그래? 왜냐하면 나도 돈은 많이 가지고 싶은걸!"

꽤 심한 착란 상태에 빠진 듯한 스즈카.

몇 년에 걸쳐서 조금씩 나에게 돈을 줌으로써 절세를 하는 것도 가능하지만, 그래도 역시 꽤 많은 세금을 내야 한다.

게다가 돈 분배에 오랜 세월이 걸리면 도중에 싸우게 될 가능성이 높았다.

"걱정하지 마. 아내로서 너와 사이좋게 지내기 위해 노력할 거고, 최선을 다해 너에게 봉사할 거야. 그러니까, 응? 어때?"

이성으로 '볼 수 있는' 여자애와 한 쌍이 된다.

만약에 내가 스즈카의 요청을 거절한다면, 싸움으로 끝나면 다행이지만 왠지 그렇게 되지 않을 거란 느낌이 강하게 들었다.

지금도 사이가 좋고, 앞으로도 그런 관계가 쭉 이어질 거라고 생각했었다.

──싸우다가 결국 절교하고 싶지는 않았다.

그렇다면 여기서 내가 해야 할 일은 하나밖에 없을지도 모른다.

"결혼해 볼까. 그게 더 이득인 것 같고."

"어, 괜찮아? 유우키. 넌 나한테 당장 돈 내놓으라고 말할 수 있는 입장인데?"

"그렇게 매정한 짓은 안 해. 어, 뭐랄까. 말하자면, 난 너하고는 싸우고 싶지 않아. 그렇다면 결혼을 하는 것도…… 나쁘진 않을지도 모르니까. 그냥 그런 거야."

"그, 그럼 그렇게 정한 거다……?"

새삼스럽게 장점에 대해 생각해 봤다.

결혼을 해버리면 스즈카가 구입한 집에서 내가 살 수 있을 테고, 스즈카가 구입한 자동차도 마음대로 쓸 수 있을 것이다. 물건의 소유권 자체는 스즈카가 가지고 있지만 나도 거의 자유롭게 쓸 수 있다.

황당하기는 해도 그것은 우리가 모처럼 손에 넣은 당첨금을 단 한 푼도 잃어버리지 않고 넘어갈 방법이었다.

이리하여 나와 스즈카는 어쩌다 보니 결혼을 하게 되었다.

아니, 이미 결혼, 결혼, 결혼, 그렇게 거의 평생 쓸 분량의 결혼이란 말을 써버린 것 아닌가 하고 생각했다…….

♡ ♡ ♡

나와 스즈카는 결혼하게 되었다.

부모님도 포함해서 다 함께 이런저런 이야기를 나눠본 결과.

"일이 너무 순조롭게 진행돼서 무서운데?"

너무나 쉽게 일이 진행되고 있었다.

누가 반대하기는커녕 대환영을 하는 듯한 이 분위기가 무서웠다.

그리고 뭐, 으음.

나와 스즈카만 다소 석연찮은 기분을 느끼는 가운데 시간은 빠르게 흘러갔다.

오늘은 축하 파티인지 뭔지 하는 명목으로 우리 가족과 스즈카의 가족이 식탁에 둘러앉아 있었다.

그리고 우리에 대한 질문이 끊임없이 쏟아져서 정말로 피곤했다.

결혼식은 언제 할래?

신혼여행은 어디로 가?

손자는 언제 보여줄래?

그들은 이것저것 꼬치꼬치 물어보면서 성대하게 축하를 했다.

나와 스즈카는 둘 다 어깨를 움츠리고 견디고 있었다. 그 와중에 술은 있는데 안줏거리가 똑 떨어져 버린 것 같았다.

아직도 나와 스즈카를 축하하고 싶은 마음이 넘치는 부모님들은 편의점에 가려고 했다.

"나, 나랑 유우키가 갔다 올게!"

"그, 그래. 스즈카와 같이 다녀올게."

그렇게 말하면서 우리 둘은 도망쳐 나왔다.

밤이어도 이 계절에는 이미 후덥지근한 바깥으로 나왔는데도 내 마음은 묘하게 상쾌해졌다.

그대로 편의점을 향해 걷기 시작했는데, 스즈카가 큰 소리로 울분을 터뜨렸다.

"아~ 피곤해!"

"그렇지?"

"휴……. 미안해. 내가 너를 깜짝 놀라게 해주려고 내 마음대로 혼자 돈을 수령하는 바람에, 이렇게 엄청난 일이 벌어져서."

"뭐, 그건 그래. 너도 좀 반성은 해야지?"

"윽. 응, 맞아……."

살짝 핀잔을 줬더니 스즈카는 금방 풀이 죽어버렸다.

나는 별생각 없이 반성하라고 한마디 했을 뿐이지, 스즈카에게 상처를 줄 마음은 없었다.

물론 스즈카가 했던 짓은 돌이킬 수 없는 실수였다고는 생각하지만.

이러니저러니 해도 소꿉친구이기 때문에, 스즈카가 풀이 죽어 있으면 위로해 주고 싶은 마음도 들었다.

스즈카가 그때 부상을 당했던 나를 위로해 줬던 것과 마찬가지로.

"그렇게 기죽지 마."

"아하하……. 유우키, 너는 화내도 되는데? 나와 결혼하다니…… 정말로 괜찮아?"

"잠깐 손 좀 줘봐."

나는 갑자기 스즈카의 손을 힘주어 꽉 붙잡았다.

"뭐, 뭐야, 왜?"

"우리는 금전적으로 이득을 보기 위해 결혼을 선택했어. 하지만 그것도 결혼해도 될 만한 상대라고 생각했기 때문에 할 수 있었던 거야. 안 그래?"

"같이 복권을 산 사람이 네가 아니라 처음 보는 아저씨였다면, 결혼하기는 죽어도 싫었을 거야."

처음 보는 아저씨. 내 입장에서 바꿔 말한다면, 처음 보는 아줌마.

그건 정말 싫은데. 나는 그런 생각을 하면서 쓴웃음을 지었다. 그리고 스즈카를 안심시킬 수 있는 말을 열심히 꺼냈다.

"실제로 결혼해서, 생각보다 더 너와 잘 지내게 된다면……. 복권 당첨금을 어떻게 분배하느냐 하는 문제로 골머리를 썩이지 않고 너와 함께 행복해질 수 있을지도 몰라. 뭐, 그리고 혹시 실패하게 된다면. 그때는 그냥 헤어져서 우리 둘이서 당첨금을 어떻게 할까? 하고 싸우면 되지."

"미안해. 너한테 폐를 끼쳐서."

"응, 그건 사실이야. 하지만 뭐, 말하자면……."

내 머릿속을 스친 내용이 부끄러워서, 나는 그것을 입 밖에 낼 수 없었다.

지금 내가 붙잡고 있는 손은 날씨가 춥지도 않은데 바들바들 떨리고 있었다.

옆에서 떨고 있는 스즈카를 위로하기 위해서라도 나는 용기를 쥐어짜냈다.

"어~ 저, 저기, 너는."

"으, 응."

"예쁘고, 가슴도 크고, 붙임성도 좋고, 누구에게나 사랑받는 여자애잖아? 그런 애가 내 아내가 되어준다잖아. 그게 순수하게 기뻐."

내 얼굴이 순식간에 빨개졌다. 그러자 손을 잡고 걷고 있는 스즈카도, 평소 같으면 상상도 못 할 말을 나에게 해줬다.

"고마워. 유우키. 나도 너처럼 멋있는 남자애와 결혼할 수 있어서 기쁜 걸지도 몰라. 그런데 '가슴도 크다'는 말은 쓸데없는 사족이었거든?"

"아—, 미안."

"에헤헤. 뭐, 아무튼 기쁘니까. 용서해 줄게."

어색하게 잡고 있는 손.

우리는 서로의 온기를 느끼면서 편의점으로 걸어갔다.

♡ ♡ ♡

이제는 밤도 깊어져서 결혼? 축하 파티는 거의 끝나가고 있었다.

뒷정리가 끝날 때까지 짧은 시간 동안에 나는 스즈카의 방에서 대화를 하고 있었다.

물론 대화 상대는 내 아내가 될 예정인 여자애였다.

"당장 너희들끼리 살아라! 라니, 그게 뭔 소리야? 우리를 집에서 쫓아내겠다? 그런 뜻이야?"

"그런 거겠지."

"아무튼 복권 당첨돼서 받은 돈이 있으니까. 일단 집은 원룸으로……."

"아니, 잠깐만. 그건 당연히 안 되지. 뭐야? 유우키, 설마 혼자 자취하려는 거야?"

그 말을 듣고 깨달았다. 나와 스즈카는 부부이니까 별거할 이유는 없구나.

"스즈카, 너랑 동거를 한다고……? 으음, 하기야 부부니까 아무 문제도 없나?"

"동거는 결혼하지 않은 남녀한테나 어울리는 말이고. 우리 같은 경우에는 합가 아니야?"

"동거는 건너뛰고 바로 합가라니. 중간 단계를 너무 건너뛰었네."

"저기, 있잖아. 우리 차라리 집을 사자! 부자잖아."

"계획성이 없네. 집을 사면 그 동네에 정착해야 하는데, 아직은 좀 이르지 않아?"

"하지만 집을 산다는 것은 그야말로 꿈과 희망이 넘치는 거잖아? 물론 요즘 세상에는 '집은 그냥 빌려서 살면 돼!'라고 말하는 사람들도 많아졌지만, 그래도 역시 가슴이 두근거리지 않아?"

그건 이해한다. 자기 집을 소유한다는 것은 자랑스러울 것이다.

집을 구입해서 내가 만족할 때까지 마음대로 꾸민다.

그것은 한없이 낭만적인 꿈이었다.

"오타쿠 방을 만들고~. 영화를 보는 방도 만드는 거야. 우후후, 역시 집은 가지고 싶은데."

만화가를 목표로 하는 스즈카.

방에는 책도 잔뜩 있고, 애니메이션과 관련된 상품도 많이 있었다.

집을 사서 좀 더 커다란 오타쿠 취미 생활 전용 방을 만든다.

그런 방을 만드는 상상을 하는 것이 정말로 즐거워 보였다.

"복권은 진짜로 꿈과 희망의 결정체구나."

"어쩔래? 집을 사버릴까?"

"그렇게 서두르지 마. 엄청나게 큰 돈이 들어가는 일이잖아. 신중하게……."

완전히 집을 사버릴 기세인 스즈카 대신에 내가 브레이크를 밟아줬다.

그러나 액셀을 꽉 밟고 있는 스즈카는 멈추지 않았다.

"역시 마당은 있어야겠지?"

"너 진짜 신났구나……. 아, 저기. 뒷정리 다 끝났으니까 이제 해산한대."

뒷정리가 끝났다는 메시지가 휴대폰으로 날아왔다.

주인공들한테 뒷정리를 시킬 수는 없다는 말을 들었기 때문에, 지금 이 시간은 스즈카의 방에서 이야기나 하면서 지냈던 것이다.

앉아 있던 내가 일어나자, 스즈카는 과장되게 입술을 삐죽 내밀면서 나에게 말했다.

"헤어질 때 뽀뽀~ 하는 거, 할래?"

"뜬금없이 뭐야……. 아, 맞다. 우리는 부부지. 아니, 그래도. 이것저것 많은 단계를 건너뛰었지만, 그래도 아직은 부부(예정)이야. 지금은 관두자. 분위기에 휩쓸려서 일부러 부부인 척 연기할 필요는 없어. 괜히 초조하게 굴어봤자 실패만 할 거야."

"응, 그럼 우리 남편. 잘 지내~."

"그래, 우리 아내. 그렇게 계속 끙끙거리지만 말고 내일은 기운 내서 학교에 나오세요. 알았지?"

서로 강조하면서 입에 올린 남편, 아내.

그 호칭이 간지러워서 우리 둘은 동시에 웃고 말았다.

싫어하지 않는 상대와의 결혼 생활은 이렇게 시작되었다.

스즈카 Side

"휴~ 오늘은 힘들었다."

좀 미지근한 목욕물을 받아놓은 욕조에 들어가면서 나는 다시금 후회를 했다.

유우키를 놀라게 해주려고 했던 것이 실수였다.

돈과 관련된 문제로 장난을 치다니, 깊이 생각해 보지 않아도 어이없는 짓이었다.

그런 간단한 사실을 눈치채지 못했던 나는 목욕물 속에 얼굴 아래쪽 절반을 집어넣은 채, 어린아이처럼 입으로 뿌글뿌글 거품을 내면서 계속 수면을 흔들어 댔다.

어느 정도 흔들어 주고 나서 나는 고개를 들었다.

"같이 돈을 받으러 갔으면 아~무 문제도 없었을 텐데."

아니, 그런데 그 실수를 아예 없었던 일로 해주지는 못해도, 그나마 피해가 적은 쪽으로 바꿔주는 결혼이라는 수단은 대체 뭘까?

정말로 결혼을 할 필요가 있는 걸까?

"으으음~~~~. 하지만 역시 결혼을 하는 편이 낫겠지."

유우키와 내가 복권을 같이 사고, 당첨되면 돈을 반씩 나누기로 했다는 증거는 단지 구두 약속밖에 없었다.

여기서 내가 억지를 부리면, 그게 어떻게든 통할지도 모른다. 물론 그런 짓은 안 하지만.

당첨금을 수령할 권리는 유우키한테도 있는데, 근거가 부족하니 그가 불리할 게 뻔했다.

그러니까 내 퇴로를 차단하기 위해서라도 결혼을 하는 것이 유우키에게는 최선의 선택일 것이다.

아니, 그런데 나는 왜 이렇게 잘난 듯이 떠들어 대고 있는 거야?

"유우키는 당첨금을 나도 마음껏 쓸 수 있도록 진지하게 생각을 해줬는데 말이지."

내 실수로 발생한 세금 때문에 확 줄어들게 된 당첨금.

그 세금을 완전히 없애지는 못해도 어떻게든 줄이기 위해 유우키는 양보를 해줬다.

──나를 위해서.

그런데 나는 참 너무했다.

결혼할래? 같은 말을, 기세 좋게 입 밖에 내버린 것이다.

아무리 정상적인 판단력을 잃어 버렸다지만 뭔가 좀, 진짜로 추했다.

돈에 현혹돼서 금방 제멋대로 행동했다.

모처럼 손에 넣은 돈이 줄어드는 게 아까워서, 우리 결혼하자면서 유우키한테 즉시 결단을 요구했다.

"엄마 말이 맞을지도 몰라."

평범하게 당첨금을 분배하려고 하면 틀림없이 싸우게 될 것이다.

점점 나쁜 생각이 나를 좀먹어 가기도 하고.

유우키와의 약속은 그냥 말로만 한 거니까 입 싹 씻고 도망치자! 같은 생각이 떠오르는 시점에서 이미 망한 것이다.

아니, 도망칠 마음은 없거든? 다만 머릿속에 그게 스치듯 떠오른 시점에서, '도망친다'는 수단이 선택지 중 하나가 된 것과 마찬가지라는 생각이 들었다.

지금은 이성을 유지하고 있지만, 머잖아 유지하지 못하게 될 가능성도 없지 않았다.

"그나저나 역시 유우키는 좋은 소꿉친구구나."

내 실수는 심각했다. 유우키가 정이 뚝 떨어져도 할 말 없을 정도로.

그만큼 어처구니없는 실수였다.

나는 '아아, 이러면 유우키와는 더 이상 사이좋게 지낼 수 없을지도 몰라' 하고 절망할 뻔했다.

그런데 유우키는 너무나 착하게도 나를 버리지 않았다.

아니, 심지어 이미 일어난 일은 어쩔 수 없다면서, 우리 둘 다 최대한 득을 볼 수 있는 미래를 같이 생각해줬다.

신기할 정도로 다정한 유우키.

"응, 역시 할 수 있어."

결혼할 수 있다. 얼마든지 즐겁게 지낼 수 있을 것 같았다.

소꿉친구라는 관계에 충분히 만족하고 있지만, 별 거부감도 없이 무난하게 연인이 되어줄 수도 있는 상대.

게다가 오늘도 내가 불안해하니까 손을 잡으면서 위로해 줬다.

유우키는 나를 다정하게 대해 주는 착한 사람이다. 그걸 재인식할 수 있었다.

그렇다면, 음, 그래.

"온 힘을 다해 행복해지자."

행복은 찾아오는 것이 아니라 스스로 거머쥐는 것이다.

유우키를 내가 좋아하는 사람이라고 인식해 보자.

너무나 갑작스럽고 현실성이 없는 이 현실을 받아들이고 나는 똑바로 앞을 봤다.

부정적인 것보다는 긍정적인 것이 훨씬 즐거울 테니까, 안 그래?

"헤헤헤. 그 몸을 내 마음대로 할 수 있단 말이지. 그건 나쁘지 않네."

탄탄한 소꿉친구의 몸.

무엇을 숨기랴, 나는 남자의 육체미를 무척 좋아했다. 그 탄탄한 몸은 정말이지 너무 좋았다.

내가 아내가 된다면, 당연히 그 몸을 실컷 봐도 된다는 뜻이겠지?

나는 앞으로의 생활을 머릿속에 그려봤다.

부부 같지는 않아도 즐거울 것 같은 나날은 충분히 상상해볼 수 있었다.

"그나저나 요새 유우키, 이런저런 문제로 힘들어 보였는데……."

올봄. 내가 복권을 사줬던 그날, 유우키는 부상을 당했다.

그 후 유우키는 계속 컨디션이 좋지 않았다.

고등학교 3학년은 진로를 진지하게 생각해서 정해 놓고 노력을 해야 한다.

나도 그렇고 유우키도 그렇다.

내가 응원하는 '축구를 좋아하는 유우키'는 이미 그 꿈에 제대로 마침표를 찍기로 결심했다.

마지막 대회에서 열심히 활약하고 상쾌한 기분으로 은퇴한다. 그런 목표를 위해 온 힘을 다하고 있었는데…….

주변 사람들은 그것을 오해한 것 같았다.

"물론 그것도 이해는 가지만, 이러면 유우키가 너무 불쌍하잖아."

그때 좀 더 열심히 할걸.

유우키는 그런 식으로 후회하지 않으려고 최선을 다해 연습했다.

그런데 사람들은 그것을 오해해 버린 모양이다.

프로 선수가 되기 위해, 즉, 자기 자신을 위해 최선을 다하고 있는 것이라고.

유우키의 실력은 그 팀 내에서는 누가 봐도 눈에 띄게 출중하다. 그가 진심으로 노력을 하면 할수록, 주변 사람들은 그저 쫓아가느라 급급해서 힘들어진다.

팀 내에서 그에게 열등감을 느끼지 않는 선수는 없다.

그래서 그들은 삐뚤어진 생각을 가지게 된 것이리라.

어쩌면 유우키는 결과에 따라서는 프로 스카우터한테 스카우트될 수도 있다.

노력이 결실을 맺을지도 모르는 유우키에 비해, 자기들은 어떤가? 하고 비교를 해버린다.

여기서 노력을 하거나 말거나, 자기들은 유우키와는 달리 미래가 변하지 않는다.

그래서 화가 난다. 순수하고 우직하게 마지막 대회를 위해 노력하는 유우키를 보면.

질투였다. 자신에게 없는 것을 가지고 있는 유우키가 부러운 것이리라.

그러니까 유우키의 진짜 목적을 눈치채지 못하는 것이다.

유우키 본인은 이제는 프로 선수 따위에는 관심도 없고, 마지막 대회를 즐겁게 끝내고 싶은 마음밖에 없는데.

"……어휴, 정말 최악이라니까."

유우키는 남들이 뒤에서 자기를 욕한다는 것을 알고 있었다.

몹시 괴로워 보였지만, 그런데도 좌절하지 않고 노력하고 있었다.

그런데, 그런데, 그런데.

"어떻게 그럴 수가 있어……. 정말 너무하잖아……."

유우키가 부상을 당한 날, 나는 보건실에 들어가는 그의 모습을 우연히 보고 기다렸다고 말했다.

그것은 거짓말이었다. 집에 가려고 운동장 쪽을 보면서 걷고 있다가, 누군가가 고의로 유우키를 넘어뜨리는 장면을 목격해 버린 것이다.

대부분의 사람들은 그런 짓을 당하면 마음에 큰 상처를 입을 것이다.

엄청나게 괴로울 테지. 나라면 틀림없이 울 거야.

그래서 조금이라도 위로해 주고 싶어서 그를 기다렸다.

여름 대회를 목표로 다 같이 힘내자! 하는 시기에 저렇게 배신을 당하다니.

육체적인 고통보다도 정신적인 고통이 훨씬 더 심할 것이다.

예상대로 유우키는 제 실력을 발휘하지 못하게 되었고, 동아리 활동도 제대로 안 하고 있었다.

부상은 이미 완치됐으니까 전력을 다할 수 있을 텐데.

그리고 내가 저지른 실수를 없었던 일로 만들기 위해 유우키는 나와 결혼해 주기로 했다.

"치, 유우키가 그렇게 멋지다니. 왠지 분하잖아……."

당한 만큼 되갚아 준다.

그래, 괴로워하는 유우키를 도와주는 식으로 되갚아 주자.

"으음~. 뭐야, 설마 난 유우키를 정말로 좋아했던 걸까?"

사소한 의문이 들었지만, 나는 즉시 부정했다.

"아니, 그건 아니지. 소꿉친구이니까 잘 돌봐 줘야 한다,

뭐 그런 마음이 아닐까?!"

제2화 부부 생활이 시작된다

복권 당첨금. 섣불리 분배하려고 하다가 싸우는 것보다는, 차라리 분배할 필요가 없어지는 부부가 되어버리자! 그런 웃기지도 않은 결론을 내린 지 며칠이 지나고. 그리하여 결혼 축하 파티인지 뭔지가 벌어진 다음 날.

나는 학교 수업이 끝나자마자 일단 집에다 가방을 놔두고 도보 5분 거리에 있는 스즈카의 집, 즉 미타네 집으로 갔다.

이모가 들여보내주셔서 집 안으로 들어갔더니, 스즈카는 소파에서 쌔근쌔근 자고 있었다.

"이제 막 잠들었어. 조금만 더 자게 해줄래?"

"역시 이래저래 정신적으로 힘든가 보네요……."

"아니, 심야 애니메이션을 보느라 밤에 늦게 자서 그런 거라고 생각해."

그 말을 들으니 왠지 깨우고 싶어졌다.

하지만 뭐, 나도 무자비한 악마는 아니니까 조금만 더 자게 해주기로 했다.

"아, 그래. 유우키. 스즈카랑 혼인 신고서를 내는 날짜를 정하러 온 거지?"

"네, 그런데 저는 역시 고등학교 졸업할 때까지 기다리는 게 좋다고…… 생각해요."

4월에 생일을 맞이하여 열여덟 살이 된 나와 스즈카. 이미 결혼은 할 수 있는 연령이지만 세상 사람들의 시선은 냉정했다. 열여덟 살은 아직 어린애인 것이다. 주변 사람들이 반드시 우리를 어른으로 봐주리란 법은 없었다.

그래서 졸업한 다음에 혼인 신고서를 내야겠다고 생각했는데……

"우후후. 그런 너에게 좋은 것을 가르쳐 줄게."

"그, 그게 뭔데요?"

"스즈카는 지금 너한테 미안함을 느끼고 있어. 그러니까 좀 억지스러운 요구를 해도 쉽게 거절하진 못할 거야. 그리고 일단 결혼해 버리면, 더더욱 네 마음대로 이것저것 다 할 수 있을 거야!"

"……굉장히 신이 나셨네요."

귀여운 목소리로 열심히 내 호기심을 자극하는 이모. 그런데 아까부터 계속 싱글벙글 웃고 계셨다.

"얼른 스즈카를 너한테 시집보내고 나도 우리 남편이랑 오붓하게 알콩달콩 지내고 싶단 말이야. 왜, 너도 알다시피 지금 토우카는 기숙사에서 살고 있잖아? 걔는 어쩌다 가끔씩에나 집에 오는데, 이제 스즈카까지 집을 떠나면…… 응, 알겠지?"

"아직도 그렇게 사이가 좋으세요?"

"응. 저기, 스즈카가 얼마나 너무한지 알아? 나랑 남편이 거실에서 사이좋게 놀고 있으면 불쾌한 표정으로 이쪽을 본

다니까? 토우카는 '어휴, 깨가 쏟아지시네요!' 하고 신나게 나랑 남편을 놀리는데."

"아, 네."

이거 설마 자기들한테 방해되는 스즈카를 쫓아내려고, 나한테 시집보내려고 하는 건가?

자기가 남편과 알콩달콩 잘 지내려고 스즈카를 나한테 떠넘기려는 것 같은데…….

"아, 맞다. 너희는 지금 다니는 고등학교와 집이 좀 멀어서 고생하고 있잖아?"

나와 스즈카가 살고 있는 동네는 시내에서 약간 벗어난 변두리였다.

게다가 좀 멀리 있는 고등학교를 선택했기 때문에 약 1시간 45분 걸려서 학교에 다니고 있었다.

그 이동 거리는 확실히 불편하긴 했지만…….

"네, 그런데요……."

"응, 그럼 좋은 집을 찾아놓을 테니까 나만 믿어! 평생 살 수 있는 멋진 집을 찾아줄게."

"어, 아뇨. 네?"

"이제 막 신혼이니까 그 누구에게도 방해받지 않는 사랑의 보금자리가 필요할 거 아냐? 스즈카도 집을 가지고 싶다고 했으니까, 공인 중개사로 일하고 있는 내 지인한테 한번 물어볼게."

"그, 그런 이야기를 저희끼리만 해도 소용없잖아요? 나중에 하죠."

나는 이야기의 흐름을 끊어보려고 했는데, 그때 학교에서 집에 돌아오자마자 즉시 소파에 누워 잠들어 버렸다고 하는 스즈카가 눈을 떴다.

"아, 유우키. 왔네? 미안해. 왠지 좀 졸려서."

"잘 잤어?"

"글쎄, 애매하네~. 그런데 엄마랑 무슨 이야기를 하고 있었어?"

"너희들 말이야. 결혼할 거잖아? 그러니까 너희 둘이 살지 그러니? 하는 이야기를 하고 있었지."

"아, 그랬구나. 일리 있는 이야기네."

스즈카의 대답을 들은 이모는 히죽 웃었다.

"좋아, 그럼 너희 둘이 살 수 있도록 열심히 준비해 보자. 아 참, 이야기가 완전히 샜네. 스즈카랑 언제 혼인 신고서를 낼지 상의하러 온 거였지?"

그동안 스즈카가 낮잠을 자고 있어서 잠깐 이모와 대화를 하고 있었을 뿐이다. 이제는 제일 중요한 주제로 돌아갔다.

지금 당장은, 너무 서두르는 것 같은데…….

스즈카는 당장 하는 것이 좋겠지? 하고 물어보는 듯한 표정이었다.

아니, 저기요. 너 그렇게 가벼운 마음으로 쉽게 나와 결혼해도 되는 거야?

"어머나, 역시 우리 딸. 좋아하는 상대한테는 적극적으로 대시하는구나?"

"아, 아니거든? 유, 유우키한테 폐를 끼치고 싶지 않아서 그런 거야."

"스즈카, 네가 괜찮다면…… 지금 당장 하는 게, 나로선 더 좋기는 하지."

"그럼 지금 당장 결혼하자. 엄마, 서류는 뭐가 필요해?"

즉시 혼인 신고서를 낼 준비를 하기 시작했다.

그리고 상의한 날로부터 4일이 지난 월요일. 모든 준비가 끝났다.

시청이 문 닫기 직전에 나와 스즈카는 모든 서류를 갖춰서 제출했다.

우리가 너무 젊기도 해서, 시청 직원이 우리를 엄청나게 걱정해 줬다.

정말로 괜찮으시겠어요? 하고 몇 번이나 거듭하여 직원한테 질문을 받은 끝에…….

"겨, 결혼, 축하드립니다."

마침내 혼인 신고서는 수리되었다.

♡ ♡ ♡

설마 이 나이에 아내가 생길 줄은 꿈에도 몰랐다.

미타 스즈카였다가 이제는 신도 스즈카가 된 내 아내는 시청에서 나올 때까지 내내 말이 없었다.

그러나 밖에 나오자 그 표정이 부드러워졌다.

"에헤헤. 부끄럽네."

은은한 연분홍빛으로 뺨을 붉히고 있는 스즈카. 복잡한 사정으로 뒤범벅이 되어 있는 우리의 결혼.

하지만 그런 현실이 느껴지지 않을 정도로 산뜻한 표정으로 수줍어하고 있었다.

"너도 참, 용케 그렇게 웃는구나?"

"아니 뭐, 난 네가 싫지 않은걸. 인생을 바쳐도 될 만한 상대라고 생각하는데? 그래서 이렇게 공식 파트너가 되니까 왠지 기쁜 거지. 알았어?"

"스즈카, 넌 나를 그 정도로 좋아했었어?"

"순수하게 우리 반 남자애들 중에서는 제일 가능성이 있다고 생각했었지."

"가, 가능성이라니, 그건 만에 하나 사귈 가능성……이지?"

그 외에 뭐가 있겠어? 라는 표정으로 스즈카가 나를 쳐다봤다.

"유우키, 넌 역시 나와 결혼하기 싫었어?"

"아니, 솔직히 말하자면 재미있을 것 같았어. 어제 잠자기 전에 너와 데이트하는 장면이라든가 같이 사는 모습을 이것 저것 상상해 봤는데…… 어쩐지 재미있을 것 같다는 생각이 들었어."

얼굴이 화끈거리고 현기증이 났다.

소꿉친구로서 순수한 친구처럼 대했던 상대에게 이런저

런 이야기를 하는 것이 묘하게 낯부끄러웠다.

"너 얼굴이 새빨개졌어."

"네가 더 빨갛거든?"

"그래? 아, 저기, 있잖아. 오늘은 이제 어쩔래?"

"일단 수험생이니까 공부나 해야지. 어휴, 진짜. 슬슬 열심히 하지 않으면 위험해."

"응, 나도 공부해야겠다. 아무리 돈이 있어도 나는 대학생이 되어서 청춘을 즐기고 싶으니까."

노후까지 보장될 정도로 많은 돈이 있지만, 돈으로는 살 수 없는 것도 이 세상에는 얼마든지 있다.

대학 생활이라는 청춘을 그냥 포기할 마음은 없나 보다.

스즈카는 공부에 대한 의욕과 열의가 넘치고 있었다.

"저기, 그런데 공부도 중요하지만 동아리 활동은 어때? 괜찮아?"

내 다리를 힐끔 확인하면서 스즈카가 질문을 던졌다.

부상 자체는 나았지만, 나는 동아리 활동에는 거의 참가하지 않았다.

제대로 낫지 않아서 부상이 악화되면 곤란하다. 그런 핑계를 적당히 대면서.

옛날부터 축구 선수가 되고 싶다는 내 꿈을 알고서 응원해 주던 스즈카.

내가 은퇴 시합에 열정을 쏟고 있었다는 것도 잘 알고 있었다.

스즈카의 응원은 기뻤다. 이에 보답하고 싶었다.

그러나 부상을 당한 다음부터 나는 축구를 싫어하게 되어 버린 것 같았다.

복권을 샀던 그날. 나는 스스로 넘어진 게 아니라 누군가가 발을 걸어 넘어졌다.

내가 프로 선수가 되기 위해 노력하고 있다고 남들이 오해한 탓이었다.

그래, 당연히 화가 나겠지. 속상하겠지.

밝은 미래가 있을지도 모르는 녀석이 필사적으로 노력하는 모습을, 옆에서 지켜봐야 한다면……

하지만. 아무리 그래도 굳이 발을 걸어서 나를 넘어뜨려야 했던 걸까?

그동안 사이좋게 잘 지내왔다고 생각했던 동료에게 배신을 당했다.

아니, 그건 아닌가. 본디 처음부터 우리는 동료가 아니었던 것이다.

무서웠다. 나 혼자만 우리가 사이좋게 잘 지낸다고 제멋대로 착각했던 거고, 사실 주변 사람들은 그렇게 생각하지 않았던 거라면?

그래서 나는 다 나은 것 같은 부상을 핑계로 동아리 활동에서 계속 빠지고 있었다.

나를 응원해 주고 있는 스즈카에게는 이런 사정을 고백할 수 없었다.

스즈카를 실망시키고 싶지 않았다. 그래서 나는 억지웃음을 지었다.

"어, 응. 마지막 대회를 앞두고 또 다쳤다가는, 지금까지 해온 노력이 물거품이 되잖아?"

"저기, 이상한 거 물어봐서 미안해."

스즈카는 조금 슬픈 얼굴로 이쪽을 보고 있었다.

그런 스즈카 앞에서 나는 허세를 부렸다. 괜히 걱정 끼치고 싶지도 않아서.

"뭐, 아무튼 노력할 거니까 걱정하지 마."

"응. 그럼 기대할게."

"너도 참 의리 있네. 옛날부터 쭉 응원하고 있잖아."

"유우키, 너는 내 꿈을 무시하지 않았으니까. 아니, 사실 내 장래 희망이 만화가라고 하면 보통은 다들 웃어넘겼거든? 그런데 너는 왜 웃지 않은 거야?"

과거에 스즈카는 그림을 엄청 못 그렸었다.

지금은 잘 그리지만, 진짜 눈 뜨고 못 봐줄 정도였던 그 시절이 그리웠다.

그렇게 못 그리는데도 장래 희망이 만화가라고 주변 사람들한테 말했으니까. 네가 어떻게 만화가가 되냐? 하고 완전히 무시를 당했었다.

하지만 나는 어린 시절부터 그림 그리기를 좋아해서 거의 날마다 그림을 그려 보여주던 스즈카를 알고 있었다. 그림을 잘 그리는 아이보다도 스즈카가 훨씬 더 그림을 많이 그리는 것을 봤었다.

"너는 진심이었으니까."

"응, 고마워. 그런 말을 들으니 부끄럽네."

"내가 응원하고 있으니까. 앞으로도 열심히 해, 알았지?"

"그건 유우키, 너도 마찬가지야. 축구를 좋아하잖아. 그러니까 앞으로도…… 힘내."

힘내라는 성원이 내 가슴속에 아프게 박혔다.

나를 응원해 주는 스즈카를 위해서 나는 정신 똑바로 차려야…… 하는데.

분명히 나았을 내 다리가 이상하게도 내 마음대로 움직여지지 않았다.

♡ ♡ ♡

그 후 스즈카는 패밀리 레스토랑 간판을 보더니 눈을 반짝반짝 빛내면서 내 옷소매를 잡아당겼다. 축하 케이크라도 먹을래? 하고.

알콩달콩 사이좋게 지내려는 의욕이 넘치는 내 아내를 무시할 수도 없었다.

그래도 패밀리 레스토랑에는 들르지 않기로 했다.

"패밀리 레스토랑 말고 여기는 어때?"

내가 가리킨 곳에는 멋진 카페가 있었다.

"패밀리 레스토랑은 음식이 맛있지만, 지금은 분위기 좋은 곳으로 가도 괜찮겠네!"

"응, 그럼 가볼까?"

그리하여 패밀리 레스토랑이 아니라 멋진 카페에 가게 되었다.

공들인 티가 나는 인테리어와 차분한 분위기.

내가 먼저 가자고 했지만, 남자 고등학생인 나로서는 좀 들어가기 어려운 장소였다.

왠지 몸이 근질거려서 도무지 침착하게 있을 수 없었다.

"스, 스즈카, 너는 이런 곳에 들어와 본 경험 있어?"

"가끔~? 유우키, 너 설마 이런 가게에는 거의 와본 적이 없니?"

"남자 고등학생은 여자친구가 있으면 또 모를까, 보통은 이렇게 멋진 가게에는 안 들어오니까……."

"어, 아무튼 이 과일 타르트도 먹고 싶고, 여기 이 딸기가 듬뿍 들어간 케이크도 포기하고 싶지 않은데. 저기, 유우키. 우리 하나씩 시켜서 반씩 나눠 먹지 않을래?"

"그냥 둘 다 주문하면 되잖아?"

"아, 아니, 그렇게 사치스러운……. 아니다. 맞네. 사치스럽게 주문하자."

직원을 불러서 호쾌하게 한 사람이 두 개씩 케이크를 주문했다.

음료수는 나는 커피, 스즈카는 홍차였다.

주문을 마친 지 몇 분 후, 직원이 케이크와 음료수를 테이블로 가져왔다.

반짝반짝 보석같이 빛나는 과일이 넉넉하게 들어가 있는 케이크는 맛있어 보였다.

스즈카는 홍차로 살짝 목을 축이고 나서 케이크를 덥석 먹었다.

"으음~~~~~. 맛있어!"

아이처럼 귀여운 신음 소리를 내는 스즈카. 그 모습을 보니 내 마음이 맑아졌다.

누가 행복하게 먹고 있는 모습을 보기만 해도 덩달아 행복해지는 것이다.

어쨌든 나도 구경만 하지 말고 먹어야겠다.

"맛있네. 이거."

"그렇지?"

어째서 네가 잘난 척하는 거야?

뭐, 그런 사소한 문제에는 신경 쓰지 말자.

그 후 우리는 둘이서 대화다운 대화도 안 하고 정신없이 케이크를 먹어 치웠다.

♡ ♡ ♡

"휴―, 배불러. 많이 먹었다."

배를 탁탁 두드리면서 만족스러워하는 스즈카.

그러다가 문득 뭔가 생각난 것처럼 나에게 말했다.

"있잖아, 실은 우리 엄마가 나를 쫓아내려고 작정을 했거든~? '공인 중개사인 내 친구한테 부탁해서 적당한 집을 골라놨어!'라고 하더라? 나 참, 아빠랑 둘이 오붓하게 지내려고 딸을 쫓아내다니, 너무하지 않아?"

"그, 그러게."

농담인 줄 알았는데 진짜로 스즈카를 쫓아내려고 하는 이모, 아니, 장모님.

남편과 둘이 오붓하게 지내고 싶다고 하던데, 아마도 그건 농담이 아닐 것이다…….

"저기, 유우키. 넌 역시 나와 같이 살기는 싫어?"

"싫지는 않은데……. 왠지 너무 갑작스러워서, 감정적으로 충분히 받아들이지 못한 거야."

"그건 알겠는데, 언젠가는 분명히 같이 살게 될 테니까. 좀 일찍 같이 살아도 되지 않을까?"

"넌 진짜로 긍정적이구나."

스즈카의 긍정적인 사고방식은 정말로 존경스러웠다.

나와 결혼한 것을 싫어하기는커녕 '이왕 이렇게 됐으니 즐기자!' 하는 자세.

그게 좀 이상해서 나도 모르게 웃고 말았다.

"뭐야, 나를 단순한 놈이라고 우습게 보는 거야?"

"아니야."

"응, 그럼 됐어! 아무튼 그러니까 우리 엄마가 나한테 준 집 정보나 한번 볼래?"

스즈카는 가방 속에서 클리어 파일을 꺼냈다.

그 내용물은 아파트부터 단독주택에 이르기까지 꽤 다양했다.

"어디 보자……. 아, 스즈카. 네 마음에 드는 집은 뭐야?"

"여기 이 6LDK+S인 집!"

"LDK까지는 알겠는데, S는 뭐야?"

"S는 서비스 룸의 약자인데, 방으로서의 조건을 만족시키진 못한 공간이야."

이상하리만치 자세히 알고 있는 스즈카. 궁금해서 조사해 본 것이 틀림없다.

하지만 이 녀석은 가끔 아무 말이나 대충 할 때도 있으니까. 나는 다시 한번 휴대폰으로 조사해 봤다.

"너무해! 아내를 믿지 못하는 거야……?"

"아~ 네, 네."

건성으로 대꾸하면서 S의 의미를 다시금 조사했다.

흠, 그렇구나. 스즈카의 말대로 그것은 방으로서 인정되지 않는 공간을 뜻하는 건가 보다.

내 이미지로는 환기가 잘 안 되고 햇빛이 들지 않는 공간일 것 같았다.

그 용도는 다양한데, 수납용 창고, 서재, 가벼운 운동을 하는 방, 취미 생활 공간 등 가지각색이었다.

"응, 그래서. 이거 살까? 이 정도면 우리가 망했을 때의 보험도 될 거야."

"그건 일리 있는 말이네. 복권에 당첨됐어도 몇 년 후에는 그 돈을 다 써버렸다는 사람들 이야기도 자주 들어봤으니까."

"그래, 맞아. 집을 사놓으면, 최소한 살 곳은 보장되잖아?"

둘이서 집을 고르는 것은 의외로 즐거웠다.

이런저런 방향으로 이야기가 점점 전개되어 나갔다.

"좀 불안하긴 한데, 이러니저러니 해도 앞으로 재미있을 것 같아."

"맞아. 아, 유우키. 다음에 실제로 팔고 있는 집을 구경하러 가볼래?"

앞으로의 생활을 기대하고 있는 사람은 나 혼자만이 아니었다.

스즈카도 즐거운 것처럼 신이 났다.

"우리는 일단 수험생이잖아? 그럴 시간이 있어?"

"에이, 그래도 조금쯤은 시간을 낭비해도 되잖아? 대입에 실패해도 앞으로 편안하게 살 수 있을 정도로 많은 돈을 가지고 있으니까."

"하긴, 그건 그런가."

돈의 힘이 어찌나 위대하신지. 정말로 황송해서 고개를 못 들 정도였다.

이 단계에서 10억 엔을 손에 넣었다는 사실은, 틀림없이 우리를 인생의 승리자로 살아가게 해줄 것이다.

인생이란 게임을 '난이도 쉬움'으로 하게 된 나와 스즈카는 기분 나쁘게 히죽히죽 웃으면서 서로 얼굴을 마주 봤다.

"야. 우리들, 진짜로 장난 아니게 되지 않았냐?"

"응, 이 정도면 앞으로 인생을 열심히 살아갈 맛이 나겠어! 적어도 만화가를 목표로 하다가 변변한 직업도 없이 인생의 패배자가 되어 죽어갈 가능성은 사라졌으니까!"

스즈카의 꿈은 만화가. 이제는 그 꿈의 형태도 상당히 구체성을 띠게 되었다.

자기 자신의 체험을 만화로 표현하여, 자신의 눈으로 본 세상을 재미있게 만화라는 형태로 만들어서 세상 사람들에게 알려주는 것이 목표라고 한다.

최근에는 SNS를 통해서 그런 만화를 자주 볼 수 있었다.

스즈카는 그것을 보고 자기도 이런 만화를 그리고 싶다고 생각한 것 같았다.

"아, 만화 하니까 생각났는데. 이제 슬슬 SNS 계정을 가르쳐 줘."

"부끄러워서 싫어."

스즈카는 자기가 그린 만화나 그림은 가끔 나에게 보여주기도 했다.

과거와는 달리 지금은 잘 그린 그림이었다. 누구한테 보여줘도 비웃음을 당하지 않을 만한 수준이었다.

그런데 자신이 만화를 올리고 있는 SNS 계정은 무조건 비밀이라고 말하면서 가르쳐 주지 않았다.

"어, 그래. 나중에 내키면 가르쳐 줘."

정신없이 푹 빠진 대상에 관한 이야기가 나왔기 때문일까. 스즈카가 걱정스럽게 나에게 말했다.

"저기, 유우키. 너도……. 이제 돈은 얼마든지 있잖아? 그러니까 공부보다 축구부에 더 중점을 둬도 되는데. 알지?"

"다치는 바람에 컨디션이 조금 안 좋아져서 그래. 난 이미 충분히 노력하고 있어."

"아하하……. 응, 미안."

스즈카로서는 자신이 좋아하는 일을 계속할 생각이다.

그러니까 나도 사양하지 말고 그렇게 하라는 뜻인가 보다. 나 참, 이 녀석도 쓸데없는 걱정을…….

"축구에 온 힘을 쏟다가 내가 백수가 되어버려도 괜찮다는 거야?"

"뭐, 그것도 이상하진 않잖아?"

"아니, 우리 남편은 백수입니다~라니, 넌 그게 부끄럽지도 않아?"

"부끄럽지 않아. 왜냐하면 일할 필요가 없는데도 억지로 일하는 게 더 이상하잖아?"

내 아내가 너무나 속이 깊어서 나는 진심으로 깜짝 놀랐다.

이렇게 이해심이 있는 파트너와 맺어지게 되어서 다행이었다.

"아, 일은 안 해도 되는데, 나한테는 제대로 잘해 줘야 한다?"

"스즈카, 너야말로 나한테 잘해줘. 알았지?"

"네~. 저기, 미안. 자꾸 축구에 관해 물어봐서."

"아냐, 됐어. 신경 쓰지 마. 나야말로 너한테 미안해. 내가 다치는 바람에, 고등학교 마지막 대회에서도 결국 전력을 다하지 못할 것 같아서."

"뭔가 곤란한 일이 있으면 나한테 말해. 유우키. 나는 네 아내니까. 알지?"

"그러게. 혹시 곤란해지면 도와줘."

"좋아, 그럼 마지막으로 딱 한마디만 더 할게! 마지막 대회, 열심히 잘해봐."

"……응, 노력할게."

아아, 젠장. 난 정말 한심하구나…….

시청에서 나올 때에도 그랬다. 스즈카는 나한테 기대를 걸고 있었다.

그렇기 때문에 '같은 팀 동료의 괴롭힘'을 당한 이후로 망가져 버린 나 자신이 한심했다.

제3화 최고로 멋진 아내란 사실을 새삼스럽게 깨달았다

"헉, 헉. 힘들어……."

아까부터 계속 숨이 차서 괴로웠다.

오랜만에 열심히 축구 연습을 해봤더니 이 꼴이 되었다.

혼인 신고서를 낸 다음에 나는 뼈저리게 깨달았다. 스즈카가 내 활약을 기대하고 있다는 것을.

그러니까 다시 한번 진지하게 축구를 열심히 해보자.

그렇게 나름대로 강한 의지를 가지고 운동장에 섰는데. 그동안 게으름 피웠던 대가가 너무 컸다.

금방 숨이 차버렸고, 달리는 속도와 판단력도 눈에 띄게 저하됐다.

그것만 문제였으면 그나마 나았을 텐데…….

역시 나는 주변 사람들이 무서웠다. 또 누군가가 발 걸어서 나를 넘어뜨리지 않을까 하고 겁을 먹어 버렸다.

나를 다치게 만들었던 녀석이 자꾸만 이쪽을 힐끔힐끔 보고 있었다.

이제 와서 왜 돌아온 거야? 하고 물어보는 것처럼.

나 대신 주전 선수가 될 예정이었던 녀석도 나를 째려봤다.

그야 뭐, 그렇겠지. 내가 돌아오지 않았다면 시합에 나갈 수 있었을 테니까. 나를 원망하는 것도 이해가 갔다.

믿음직한 동료라고 생각했는데, 실제로는 전혀 그렇지 않았다.

"제기랄!"

주변 사람들의 시선이 무서워서 화장실로 도망쳐 버린 나는 벽을 퍽! 하고 때렸다.

오늘부터 다시 한번 열심히 해보려고 했다. 그런데 내 몸이 내 말을 들어주지 않았다.

좌절하지 마. 여기서 끝내지 마. 그동안 축구에 쏟아왔던 열정을 버리지 마.

"난 정말로 축구를 싫어하게 되었구나."

아무리 자기 자신을 격려해도, 아무것도 달라지지 않았다.

…….

………….

………………..

"돌아가자."

부상 때문에 몸이 마음대로 움직여지지 않으니까 무리하지 말고 쉬어야겠다. 그런 말을 남기고 동아리에서 조퇴했다.

♡ ♡ ♡

축구에 열중할 수 없으니 고3답게 입시 공부나 열심히 하기로 했다.

하지만 책상 앞에 앉아도 집중력이 유지되지 않았다.

애초에 돈이 있으니까. 굳이 공부해서 좋은 대학에 다니는 것이 의미가 있을까?

자포자기하여 그런 고민을 하면서 공부하는 척을 했다.

그때 전화가 왔다. 축구부에서 내가 비교적 친하게 지냈다고 생각한 녀석이었다.

『갑자기 이런 말을 해서 미안한데. 역시 돌아와 주라, 응? 네 발을 걸어 넘어뜨렸던 녀석도 진짜로 잘못했다고 반성하고 있어! 그러니까 제발, 돌아와 줘!』

우리 고등학교는 여름 대회 토너먼트 대진표에서 운 좋은 자리를 차지했다고 한다.

지금까지는 몰랐는데, 첫 번째 시합에서 이기면 네 번째 시합까지는 꽤 편하게 경기를 할 수 있었다.

단, 첫 번째 시합이 난관이었다.

상대 팀이 우리와 비슷한 실력을 지닌 고등학교였기 때문이다.

이길 가능성도 있고, 질 가능성도 있다. 하지만 죽어도 못이길 상대는 아니었다.

"내 한심한 꼴을 보고도 그런 말을 하는 거야?"

『아니, 보통은 그렇게 연습을 빼먹었는데도 그 정도로 잘

뛰는 건 불가능하거든? 그러니까 제발 좀, 부탁할게! 우리가 이길 수 있도록 힘을 빌려줘.』

오늘 연습 시간에 동료들은 나를 째려본 것이 아니라, 기대하는 눈빛으로 쳐다보고 있었다고 한다.

아마도 내가 멋대로 착각했던 모양이다.

내가 연습을 빼먹는 동안에, 나 말고 다른 녀석들도 마지막 대회를 위해서 본격적으로 시동을 걸고 진지하게 연습에 임하게 된 것 같았다.

이렇게 진심으로 이기고 싶어 하는 녀석이 나한테 의지하니까 기쁜 것은 사실이었다.

하지만, 너무 늦었잖아…….

"그렇다면 왜 좀 더 빨리 나한테 말을 걸어주지 않았어?"

『…….』

"애초에 발을 걸어서 나를 넘어뜨렸던 녀석이 전화해서 사과해야 할 거 아냐. 저기, 왜 네가 전화했는데?"

『걔가 너랑 직접 이야기하기는 좀 그렇다고 해서…….』

여름 대회를 좋은 추억으로 만들고 싶다.

나한테 돌아와 달라고 말하는 사람은, 바로 얼마 전까지는 남을 시기하고 질투하고 그 발을 걸어 넘어뜨릴 정도로 의욕 없는 녀석들이었다.

그리고 내가 부상을 당해 동아리 활동을 쉬는 동안에도 아무도 걱정하는 말 한마디조차 해준 적이 없었다.

이 사실은 사라지지 않는다.

『그동안 정말 미안했어. 그러니까―.』

　"웃기지 마!!!"

　나도 모르게 휴대폰을 확 던져버렸다.
　이기적인 말을 듣고 "네, 그렇군요" 하고 납득할 정도로 나는 강한 사람이 아니었다.
　나는 미친 듯이 분노하면서 주먹을 꽉 쥐었다. 그래도 물건을 상대로 화풀이하는 것만은 좋지 않다고 이성적으로 생각해서, 자기 허벅지를 퍽퍽 계속 때렸다.
　답답하고 힘들었다. 도저히 어쩔 수 없을 정도로 기분이 나빴다.
　바로 그런 때였다.
　만날 약속 따위는 하지도 않았는데 내 방에 스즈카가 들어왔다.
　"유우키? 무슨 일 있어?"
　나는 꼴사나운 모습을 보여주고 싶지 않아서 애써 괜찮은 척했다.
　특히 스즈카 앞에서는 그동안 허세를 부렸기 때문에 더더욱 그럴 수밖에 없었다.
　"아니, 별일 없어."

"이렇게 화면에 금 간 휴대폰이 바닥에 떨어져 있는데?"

"그건 실수로 떨어뜨린 거야."

"정말?"

"정말이라니까."

"우리는 부부잖아. 그러니까 이야기를 해줘도……."

"아니, 진짜 아무 일도 없었다니까!"

말투가 거칠어졌다.

비참한 모습을 가장 들키고 싶지 않은 상대한테 끈질기게 추궁당하는 바람에, 참을 수 없이 울화가 났다.

도대체 내가 지금 뭐 하는 걸까…….

"그렇구나."

스즈카는 화풀이를 당해서 기분이 안 좋아졌을 것이다. 그런데 놀랍게도 나에게 가까이 다가왔다.

그리고 내 앞에 서서 나를 끌어안았다.

"어휴~ 이 바보야. 내가 너랑 몇 년을 같이 지냈다고 생각해? 괴로운 일이 있었다는 것은, 네 얼굴만 봐도 다 알아."

"아니, 진짜 아무 일 없었다고……."

스즈카는 더 이상 내가 아무 말도 하지 못하게 하려는 것처럼 나를 꽉 끌어안았다.

그런 스즈카의 다정함이 뼈저릴 정도로 느껴져서 왠지 눈물이 날 것 같았다.

다 포기하고 매달리고 싶은 기분과, 그런 행동에 대한 속상함. 두 가지 감정이 내 마음속에서 싸우고 있었다. 그때 나를 껴안고 있던 스즈카가 조심스럽게 입을 열었다.

"미안. 나 실은 알고 있었어."

"뭐?"

"아까 축구부 애한테서 전화가 왔어. 다시 착실하게 연습에 참가하도록 유우키, 너를 설득해 달라고 하더라. 그런데 그건 나한테 할 이야기가 아니잖아? 그래서 나는 웃기지 말라고 했어."

아아, 정말 엿 같다.

아무리 나한테 말하기 어려웠어도 그렇지, 나와 친한 소꿉친구한테 대신 말해 달라고 부탁하다니. 웃기지 마…….

"그래서 말이지. 앗, 큰일 났다. 얘가 유우키한테 직접 전화하는 거 아냐? 하는 생각이 들어서. 이렇게 한번 보러 온거야."

스즈카는 다정한 음성으로 내 등을 쓸어주면서 이야기를 계속했다.

결국 들켰나? 아니, 처음부터 들켰던 건가.

내가 부상을 당해서가 아니라 괴롭힘을 당해서 축구를 열심히 안 하게 되었다는 것을.

한층 더 비참한 기분이 느껴졌다. 불안감이 점점 나를 지배했다.

"너, 알고 있었어?"

"응. 오래전부터 알고 있었어. 미안해. 내가 나한테 전화한 녀석한테 '웃기지 마!'라고 말하는 바람에 너한테도 연락이 간 거지? 네가 그렇게 괴로워 보이는 것도, 너를 발 걸어 넘어뜨린 녀석이 너한테 전화해서 돌아오라고 말했기 때문이잖아?"

"아니, 그보다 더 웃기지도 않은 일이었어."

"뭐? 저기, 그게 무슨 소리야?"

"나한테 사과한 사람은, 내 발을 걸었던 그 녀석도 아니었어."

"어휴…… 정말 미안해. 내가 쥐 잡듯이 잡아놨으면, 그쪽에서도 너한테 전화한다는 멍청한 짓은 안 했을 텐데."

"아, 아냐. 네 탓이 아니잖아. 그, 그런데. 지금 내 상황을 알게 되어서, 너는 무슨 생각을…… 했어? 역시 나를 한심한 놈이라고 생각하게 됐어?"

떨리는 목소리로 머뭇머뭇 스즈카에게 물어봤다.

단지 괴롭힘을 좀 당했다고 좌절해 버린 나. 스즈카는 그런 나를 보고 환멸을 느끼지 않았을까? 하는 불안감 때문에 미칠 것 같았다.

"유우키, 넌 한심하지 않아. 너는 필사적이었잖아. 나쁜 짓을 하지도 않았는데, 그저 마음에 안 든다는 이유로 괴롭힘을 당했으니…… 그러면 마음이 꺾이는 것도 당연하지."

나를 가장 열심히 응원해 주던 스즈카.

그런 스즈카가 한심한 나를 비난하지 않고, 다정하게 감싸면서 받아들여 줬다.

"넌 정말 다정하구나."

"오랜 소꿉친구잖아. 그리고 유우키, 너도 나한테 다정하게 잘해 주잖아. 그러니까 나도 다정하게 대하는 거야. 이해했어?"

아, 그렇구나. 이렇게 다정하게 대해 주니까, 나는…….

스즈카와 결혼할 수 있었던 거다.

"있잖아. 나 조금만 한심하게 푸념해도 돼……?"

"응, 응. 내가 들어줄게."

나는 현재 내 심정을 숨김없이 모조리 털어놨다.

그리고 스즈카는 매우 진지하게 내 이야기를 들어줬다.

♡ ♡ ♡

"어떻게 하면 좋을 것 같아?"

스즈카에게 지금까지 숨겼던 사실을 이야기했다.

뭐, 어차피 스즈카도 거의 다 알고 있었지만.

복권을 샀던 날.

설마 당당하게 같은 팀 동료가 나를 넘어뜨리는 장면까지 스즈카가 봤을 줄이야. 깜짝 놀랐다.

아니, 돌이켜보면 놀라운 일은 아닐지도 모른다.

그때 내가 괴로워하는 것을 알고 있었기 때문에 스즈카는 그렇게 나를 위로해 줬던 것이다…….

이런저런 사정을 알고 있었기 때문에 그랬다고 생각하면 납득이 갔다.

"유우키. 넌 축구 좋아해?"

"전에는 그렇게 재미있었는데, 지금은 죽을 정도로 재미없고 싫어."

이번 시합에서는 틀림없이 이기고 싶어서 모든 사람들이 열심히 축구를 할 것이다.

내가 괴롭힘을 당할 가능성은 없었다. 그리고 프로 선수를 목표로 했던 나한테는, 남들 눈에 띌 수 있는 좋은 기회가 될지도 모른다.

하지만 공을 차고 싶은 마음은 전혀 들지 않았다.

"동아리에서 탈퇴하는 건 어때? 이미 네 마음은 확실히 정해졌잖아."

"이대로 가다간……. 지금까지의 내 삶이 없었던 것이 되어버릴 것 같아서……. 어, 알다시피 나는 초등학교에 들어가기 전부터 계속 열심히 했었잖아. 그걸 그렇게 쉽게 포기해도 되나? 하는 생각이 들어서."

"그러네. 나도 너였다면 틀림없이 그렇게 생각했을 거야. 스카우터가 나한테 찾아와서 조금이나마 기대를 해주는 것 같고, 어쩌면 꿈이 이루어질 것 같잖아. 그걸 쉽게 포기할 수는 없지."

스카우터한테 좋은 말을 들었다. 프로 선수가 될 가능성도 생겼다.

하지만 축구 선수가 된다는 꿈에 내 인생 전체를 걸겠다는 각오는 없었다.

그래서 나는 이번에 확실하게 매듭을 지으려고 했었다.

"적어도 고등학교에서의 마지막 시합은 즐겁게 해보고 싶었어……."

이제 그것은 불가능하다.

1학년, 2학년, 3학년에 걸친 고교 생활에서 나는 나름대로 동아리 활동을 잘 해왔었다.

그렇게 믿었기 때문에, 그런 짓을 당했다는 것이 소름 끼쳤다.

괴로워하는 나를 본 스즈카는 사악한 표정을 지으면서 악마 같은 말을 했다.

"좋아, 그럼 시합에 나가서 자살골을 넣어버려! 그 녀석들은 너를 배신했잖아. 그러니까 이번에는 네가 배신해서, 불쾌하고 찜찜한 느낌으로 그 녀석들을 괴롭혀 주자."

"야, 야. 아무리 그래도 그건 너무 심하잖아……."

"뭐야, 까다롭게 굴긴."

"아니, 아니지. 그러는 너야말로 극악무도하다. 내가 괴롭힘을 당했다고 해서 굳이 복수를 하고 싶은 것은 아니거든?"

"복수는 안 한다고? 그래, 그런데 속이 개운치 않다면, 기분을 싹 바꾸기 위해서 앞으로 새로운 일을 해야 하지 않을까. 유우키, 너 뭔가 하고 싶은 일은 있어?"

화제를 밝은 방향으로 유도하여 내 기분을 긍정적으로 만들어주고.

스즈카는 점점 그 이야기를 발전시켜 나갔다.

"나는 지금까지 축구 말고는 특별히 좋아하는 것이 없었는데……. 하고 싶은 일도 딱히 이거다! 싶은 것은 없어. 그러니까 뭔가 하고 싶은 일을 빨리 찾아야 할 것 같아."

"성실하구나. 그런데 지금 정말로 하고 싶은 일을 해내고 있는 사람은 별로 많지 않을 것 같은데?"

스즈카는 즐겁게 웃었다.

이, 이게 그렇게 웃긴가?

"뭔가 꿈이 있는 편이 좋잖아……? 어, 모처럼 자유롭게 뭐든지 노력해서 해낼 수 있는 환경이 갖춰졌잖아. 그런데 노력을 안 하는 건 아깝다는 생각이 들어서……."

"그렇게 서둘러 봤자 꿈이란 것을 금방 찾아낼 수는 없어. 유우키, 네 꿈은 컸잖아. 그러니까 꿈이 발견될 때까지는 느긋하게 살자, 응?"

"하기야 돈도 있으니까……."

얼마 전까지는 장래에는 대학생이 되고, 그 후 취직해서 월급을 받으며 살아가게 될 거라고 생각했었다.

그러나 복권 덕분에 그 코스로 나아갈 필요성은 사라졌다.

현재 나는 자신의 장래를 알 수 없었다.

축구 선수가 된다는 꿈을 포기하기로 마음먹었을 때, 내 성적으로 가능한 한 좋은 대학에 가서 돈을 번다는 것을 목표로 설정했었다.

이에 대해 불만도 없을뿐더러 나름대로 보람도 느끼고 있었다.

그것은 뚜렷한 이유도 없이 적당히 세워둔, 특별히 부자유스럽지도 않은 목표였을 텐데.

금전적인 제약이 사라졌기 때문일까. 요새는 그게 왠지 아무래도 좋다는 생각이 들었다.

내 수중에는 '뭔가'를 할 수 있을 것 같은 돈이 있다.

현재 내가 해야 할 일은, 정말로 입시 공부인 걸까?

최근에는 자꾸 그런 생각만 들었다.

"그럼 축구라도 하지 그래?"

"그, 그건 좀……."

"그러면 일단 대학에 가야겠네. 선택지가 많이 있는 상황으로 만들어 놓으면 되잖아? 일단 보류하고 있으면, 언젠가는 뭔가 하고 싶은 일을 찾게 될지도 몰라. 게다가 친구도 많이 사귈 수 있을 테고. 안 그래?"

"목표도 없이 대학에 가봤자……."

"유우키, 넌 고지식하구나~. 목표 같은 것은 나중에 얼마든지 만들어 낼 수 있잖아? 자, 오늘은 서비스를 해줄 테니까 이리 와, 응?"

오라고 말했으면서 실제로는 스즈카가 먼저 나를 끌어안아줬다.

그 가슴에 내 얼굴이 묻혔다. 조금 숨 쉬기 어려웠지만,

부드럽고 따뜻하고 왠지 모르게 마음이 편안해졌다.

"대학에 들어가려면 공부는 필수야. 동아리 활동이나 하면서 정신없이 놀면 안 되는 거, 알지?"

억지로 동아리 활동을 하러 가지는 마.

초등학교에 들어가기 전부터 쭉 나를 보고 웃으면서 힘내라고 해줬던 소녀는, 이제는 축구 따윈 그만두라고 에둘러 말해 줬다.

스즈카 Side

어느새 내 가슴을 베개 삼아 잠들어 있는 유우키를 끌어안으면서 나는 생각에 잠겼다.

"후후. 참 올곧은 남자야."

올곧았다. 정말로 올곧아서 웃음이 나올 정도였다.

요즘 시대에 이렇게나 고지식한 사고방식을 가진 사람이 있다니.

하지만 그게 장점이라는 생각도 들었다.

나는 애초에 축구를 하는 유우키를 응원했던 게 아니다.

유우키가 축구를 하니까 응원했던 것이다.

"미안해."

초조하게 만들어서.

축구 쪽은 괜찮아? 하고 몇 번이나 끈질기게 물어봤었다.

내가 응원하고 있었기 때문에 유우키는 그 기대에 보답하려고 무리해서 노력했던 것이다.

만화가가 되고 싶다는 내 꿈을 가장 열심히 응원해 주는 사람은 유우키였다.

솔직히 말하자면, 아직 나는 그림도 잘 그리지 못하고 스토리 만드는 기술도 형편없었다.

그러나 유우키는 절대로 나를 무시하지 않았다.

그 덕분에 나는 열심히 노력할 수 있었다.

그래서 뭔가 해주고 싶었는데, 오히려 그를 괴롭히고 말았다…….

"앗, 침 흘렸네…….."

내 가슴에 기대어 자고 있는 유우키의 입가에서 침이 흘러나왔다.

평소 같으면 조금 화를 냈을 것이다.

하지만 오늘은 전혀 달랐다.

"귀여워……."

칠칠치 못하게 침을 흘리는 모습이 왠지 사랑스러워 보였다.

유우키에 대한 관점을 바꾸자, 어쩐지 세상이 바뀐 듯한 느낌이 들었다.

"장래…… 말이지."

아직 열여덟 살인 우리는 앞으로 어떻게 될지 불안하기 짝이 없었다.

하지만 뭐, 유우키와 함께라면 앞으로 무슨 일이 생겨도

헤쳐 나아갈 수 있지 않을까?

♡ ♡ ♡

어? 내가 언제 잠들었지?

"잘 잤어?"

다정하게 미소를 지어주는 스즈카의 얼굴을 본 순간, 나는 모든 것을 떠올렸다.

"아, 미안. 깜빡 잠들었네."

"응, 맞아. 그랬지. 어느새 내 가슴을 베고 쿨쿨 자고 있던데? 그래서 그 잠자리는 어땠어?"

"최고로 편안했습니다. 아주 부드러워서 좋았습니다⋯⋯."

부끄럽긴 하지만, 여기서 얼렁뚱땅 넘어가는 것도 예의가 아니라고 생각했다.

그래서 내 감상을 명확하게 이야기해 봤는데. 이거 참 부끄럽네⋯⋯.

"그래, 여기서 네가 별로였다고 말하면 마구 때렸을 거야."

"응, 정말 고마워. 이것저것 다."

"고맙긴, 뭘. 그런데 유우키, 너~. 내 가슴을 좀 봐, 이거 어떻게 해줄 거야?"

내 침으로 축축하게 젖어 있는 가슴을 보여주는 스즈카.

그 뾰로통한 얼굴은 마치 어떻게 책임져 줄 거냐고 묻는 것 같았다.

"으음, 어떻게든 보상할 방법을 생각해 볼게."

"뭐야~. 난 그냥 사과만 하면 용서해 주려고 했는데."

거짓말이잖아. 틀림없이 뭔가 부탁을 하려고 했던 주제에.

문득 창밖의 풍경이 눈에 들어왔다. 이미 깜깜했다.

"미안해. 이 시간까지 너를 붙잡아놔서."

"아냐, 신경 쓰지 마. 아무튼 나는 슬슬 가볼게."

아직은 밤 7시 정도였지만. 그래도 밤은 밤이었다.

귀여운 아내를 혼자 돌아다니게 놔둘 수는 없었다.

"집까지 데려다줄게."

"우와. 오늘은 친절하네?"

"그야 뭐, 그렇지. 오늘은 네가 나한테 많은 것을 해줬잖아. 그럼 잘 가~ 하고 내보내는 게 오히려 이상해."

"후후. 고마워."

걸어서 5분도 채 걸리지 않는 거리였지만, 나는 스즈카를 집에 데려다주기로 했다.

우리는 걷기 시작했다. 그런데 잠시 후 스즈카가 갑자기 웃음을 터뜨렸다.

"전혀 달라지지 않았구나~? 우리들."

"뭐가?"

"결혼했는데도 여전히 예전처럼 태연한 얼굴로 평범하게 걷고 있잖아. 뭐야, 예전이랑 똑같네?! 하고 생각하니까 웃겨서."

"뭐, 다 이런 거 아니겠어? 사실 부부, 아니, 연인들도 같이 걸을 때에는 이런 식으로 걷……지 않나?"

"그 말을 들으니 그렇긴 하네. 부부나 연인도 다들 지금의 우리들처럼 적당히 잡담이나 하는 걸지도 몰라."

지금까지 우리가 해왔던 행동이, 마치 연인이나 부부가 할 법한 행동과 별로 다르지 않다는 사실을 깨달았다.

"요컨대 이렇게 같이 걷는 우리들은 마치 연인 같은 거구나."

지금 이 상황은 이른바 '좋아하는 사람들끼리 같이 걷는 상황'과 다르지 않았다.

그렇다면 우리도 그런 게 아닐까? 하고 성급한 결론을 내려봤다.

"뭐—? 유우키, 딱히 너랑 같이 걸어도 가슴이 두근거리지는 않는데?"

"아니, 오히려 우리들처럼 오래 만났는데 지금도 같이 걷기만 해도 가슴이 두근거린다면, 그게 더 이상하지 않아?"

"맞아. 네가 내 옆에서 같이 걸으면서 '오늘도 스즈카와 같이 걷고 있구나. 가슴이 터질 듯이 두근거려'라고 생각한다면 진짜로 어이없을 것 같아. 아니, 이제 그만 적응해라! 하고 생각할걸?"

"응, 그렇다면 우리는 둘 다 깨닫지 못했을 뿐이지, 실은 서로 좋아하는 사이이기 때문에 이렇게 같이 걸을 수 있는 걸지도 몰라."

좀 징그러운 말을 해버린 것 같구나 하고 슬슬 후회하기 시작했다.

왜냐하면 스즈카가 대답하기 곤란한 것처럼 입을 다물었기 때문이다.

"아─, 저기, 방금 그 말은 잊어줘."

"있잖아, 유우키. 나 말이지, 어쩌면 그런 걸지도 몰라."

스즈카가 내 소매를 잡아당겨서 나는 멈춰 섰다.

자동차도 지나다니지 않는 밤의 적막한 도로 한가운데에서 스즈카는 수줍어하는 얼굴로 나에게 말했다.

"스스로 깨닫지 못했을 뿐이지, 실은 너를 순수하게 좋아했던 걸지도 몰라. 곰곰이 생각해 보면 그렇잖아? 좋아하지 않았다면, 오늘처럼 너를 위로해 주지도 않았을 테니까."

"……으, 응."

"서로 좋아하니까 이렇게 같이 걸을 수 있다. 그 말을 들으니까, 진짜로 그런 건가? 하는 생각이 들어서 왠지 좀 가슴이 두근거려."

내 얼굴을 외면하면서 부끄러워하고 있는 스즈카. 그 모습을 본 나도 어쩐지 마음이 간질간질해졌다.

지, 진짜로, 스즈카 말이 맞을지도 모르겠다는 생각이 드는데…….

"그, 그게, 꼭 그렇다고 단정할 수는 없잖아? 기, 기분 탓이겠지."

"그, 그건 그래. 아직은 옛날부터 좋아했다고, 딱 잘라 말할 수는 없을지도 몰라."

서로 좋아했다는 이 감정이 혹시 착각이었다 해도, 그게 살붓된 걸까?

부정할 필요는 없을 것이다. 틀림없이.

스즈카도 나와 마찬가지로 그걸 깨달은 것 같았다. 힐끔힐끔 내 눈을 훔쳐봤다.

"아니 뭐, 그래. 서로 좋아했던 거겠지. 그래서 우리는 맺어지게 된 거야."

"에헤헤……. 부끄럽네."

이리하여 나와 스즈카는 깨닫고 말았다.

"너무 쉽게 결혼을 해버렸는데. 곰곰이 생각해 보면 그건 말도 안 되는 짓이잖아?"

"그러게."

실은 오래전부터 우리는 서로 좋아했던 걸지도 모른다.

틀림없이 그런 것이리라.

상대를 생각해 주고, 또 위로해 주고 싶어 하는 것은 상대를 좋아하기 때문이다.

아니, 설령 그게 아니더라도, 틀림없이 그럴 거라고 생각하는 편이 더 나을 것이다.

♡ ♡ ♡

스즈카를 집에 데려다주고 나서 저녁을 먹고, 수험생답게 공부를 한 다음에 목욕을 했다.

이제 슬슬 잘까? 하고 생각하고 있었는데 스즈카한테서

전화가 왔다.

"왜, 무슨 일 있어?"

『무슨 일 없으면 전화하면 안 돼?』

"자기 직전에 전화하다니, 나를 너무 좋아하는 거 아냐?"

놀리려고 그런 말을 했는데, 스즈카는 평소처럼 "말도 안 되는 소리 하지 마" 하고 웃는 것이 아니라 진지하게 대꾸했다.

『응, 그럴지도 몰라. 아, 아니다. 진짜로 그런데?』

"그, 그렇구나."

『그래서 지금 통화 괜찮아? 아직 공부하고 있었어?』

"아니, 슬슬 자려고 했지."

『나랑 조금만 이야기하지 않을래?』

스즈카가 복권을 일단 자기 것으로 해버리는 바람에 발생한 예상외의 사태.

그것을 없었던 일로 하기 위해 결혼한 우리들.

연인답게, 아니, 부부로서 별 의미도 없는 이야기를 해보자.

"응, 그럼 조금만."

『아까 집에 돌아올 때 말이야. 우리가 서로 좋아했다는 사실을 알게 됐잖아. 그래서 지금은 기분이 어때?』

"난 사실 너를 이성으로 볼 수는 있었는데, 지금까지는 그러면 왠지 지는 것 같아서 일부러 너를 좋아하는 사람으로는 인식하지 않으려고 했었어. 하지만 좋아하는 사람으로 인식해 보려고 생각하기 시작했더니…… 전보다 더 네가 매력 있어 보이게 되었어."

『와, 알 것 같아! 내가 왜 소꿉친구인 이 녀석이랑……? 하는 느낌으로 나도 신경을 안 쓰고 있었거든. 그런데 유우키, 너를 옛날부터 좋아했다고 새삼스럽게 생각을 해보니까……. 어라? 이 녀석, 꽤 괜찮지 않나? 하고. 갑자기 굉장히 실감 나게 느껴지는 거야.』

스즈카가 해주는 일에 대해서는 나도 당연히 고마워하고 있었다.

그러나 단지 고마움을 느끼는 데 그쳤었다.

항상 스즈카는 그런 녀석이었으니까. 나는 마치 당연하다는 듯이 받아들이고 있었다.

하지만 사실 스즈카의 위로와 격려는 나에 대한 특별 대우였을 것이다.

스즈카는 나에게 관심이 있어서 걱정해 줬고, 나를 위해서 격려를 해줬다.

당연해 보였을 뿐이지, 실은 당연한 것이 아니었다.

좋아하니까 결혼할 수 있었다.

그 사실을 깨닫자, 지금까지는 보이지 않았던 부분이 점점 보이기 시작했다.

"오늘은 정말 네 덕분에 살았어."

『에이, 아냐. 신경 쓰지 마.』

"아, 맞다. 오늘 일은 어떻게 보답하면 돼? 네가 원하는 걸 가르쳐 줘."

스스로 생각해 봤지만 좋은 것이 떠오르지 않아서 그냥

물어봤다.

『복근 만지게 해줘!』

"왜?"

『유우키, 너는 마른 근육질 몸매잖아? 그래서 한번 제대로 복근을 보고 싶어서~.』

"욕망에 충실한 녀석."

『아니, 자기 남편한테 예의를 차릴 필요도 없잖아…….아, 유우키. 너도 나한테 해보고 싶은 것이 있다면, 정식으로 부탁해도 돼.』

"아, 그럼 나도 사소한 부탁이 있어."

『뭐야, 뭔데?』

"카페에서는 마주 보고 앉았잖아? 그런데 스즈카, 난 너와 나란히 앉아 보고 싶어."

『그럼 다음에는 네 옆에 앉을게.』

우리는 서로 좋아하는 상대가 해줬으면 하는 것들을 이것저것 이야기했다.

처음에는 사소한 일이었지만 점차 내용이 과격해졌다.

"내 귀를 진득하게 핥아 줬으면 좋겠어."

아차, 망했다. 이거 완전히 지뢰를 밟은 거 아냐?

『흐, 흐—음? 그렇구나.』

"아, 저기요. 제가 좀 폭주해서 헛소리를 했네요……."

나도 내가 징그러운 말을 했다는 것은 알고 있었다.

방금 했던 말을 취소하면서 허둥지둥 변명을 늘어놨다.

소꿉친구인 스즈카라면 여기서 틀림없이 나한테 "징그러워"라고 말했을 것이다.

내 아내로 전직한 스즈카라도 여기서는 분명히 징그럽다! 하고 나를 욕할 것이다.

『……해줄게. 다, 단, 언젠가 마음이 내키면.』

"뭐?"

『그래서 네가 기뻐한다면, 기쁘게 해줄 수도 있지~ 하는 생각이 들어서.』

"너, 너무 무리할 필요는 없거든?"

이제 막 결혼해서 부부로서의 거리감도 아직은 파악하지 못했다. 그런데 무리해서 징그러운 내 언동을 다정하게 받아 준다면, 그것은 잘못된 게 아닐까. 나는 그런 의견을 확실하게 전달했다.

『아니야. 내가 해줄 수 있을 것 같아서 그렇게 말한 거야…….』

전화기 너머로도 스즈카의 온순한 태도가 전해져왔다.

그것이 내 마음을 크게 뒤흔들었다.

박장대소하면서 나를 놀리는 스즈카의 얼굴을 알고 있기 때문에 더욱 감질나는 느낌이 들었다.

시계를 보니 시간이 많이 지나 있었다. 그래서 나는 조심스럽게 통화를 끝내려고 했다.

"어, 내일도 학교 가야 하니까. 그만 자자."

『저기, 있잖아. 앞으로 날마다 부부처럼 이렇게 통화, 해도 돼?』

"그, 그야, 물론이지."

아무 생각 없이 OK를 했다.

그러자 스즈카는 즐거운 듯이 잘 자라고 인사했다.

『잘 자. 아, 맞다. 이왕이면 내일은 네가 나한테 전화해 줘!』

내가 잘 자라고 대답하기도 전에 전화가 끊겼다. 맨 마지막 순간에 이상하리만치 온순한 태도를 보여줬던 스즈카 때문에 내 가슴이 두근거렸다.

화면에 금이 간 휴대폰을 탁자 위에 내려놓고, 방의 불을 끄고 침대 위에서 눈을 감았다.

"그런데. 나 너무 쉬운 남자 아닌가?"

자기 전에 아내와 나누는 짧은 대화.

별 이유도 없이 좋아하는 사람과 자기 직전에 잡담하는 것은 나의 꿈이었다.

그 상대가 너무나 잘 아는 스즈카일 거라고 상정한 적은 없었지만…… 의외로 괜찮았다.

아니, 실은 꽝장히 즐거웠다.

이런저런 일 때문에 깎여나갔던 내 정신력이 엄청나게 회복된 듯한 느낌이 들었다.

그리고 그다음 날 밤.

약속대로 스즈카에게 전화를 걸었다.

『여보세요. 당신의 아내, 스즈카입니다!』

"으, 응. 기운이 넘치네."

『좀 전까지 친구들이랑 여름방학에 뭐 할까 이야기했거든. 그래서 너무 설레.』

"수험생인데 참 태평하기도 하다."

『유우키, 너도 아까 교실에서 '여름방학 때 어디로 갈까?' 하고 친구와 이야기하고 있었잖아.』

"그거야 뭐, 잠깐 숨을 돌리는 것은 괜찮잖아?"

『하긴, 애초에 우리는 입시에 목숨 걸었습니다! 하는 입시 명문고에 다니고 있는 것도 아니니까.』

우리가 다니는 고등학교는 입시 공부에 열중하는 사람도 있는가 하면, 지정교 추천(일본의 추천 입학제. 어느 대학이 지정한 학교의 학생이 그 대학에 입학하고 싶어 하면 우선적으로 선발하는 방식)으로 편하게 입시를 해치우는 사람도 있다. 게다가 전문대에 추천 입학으로 들어가는 사람도 적당히 있고, 또 수는 적어도 취업을 하는 사람도 있다.

『참고로 우리는 여름방학 때 당일치기 여행을 가기로 했어.』

"어디로?"

『야마나시에 있는 무서운 놀이기구로 유명한 놀이공원!』

"당일치기면, 심야 버스……?"

『정답!』

심야 버스를 타고 현지에 갔다가, 거기서 늦은 시각에 출발하는 버스를 타고 돌아온다.

그러면 새벽부터 밤까지 실컷 놀 수 있을 것이다.

"그거 좋네."

『유우키, 너희들은 어쩌기로 했어?』

"아~, 그게 말이지. 좀처럼 정해지지 않아서……."

놀러 갈 수 있는 횟수가 작년에 비해 줄어들었으니까, 만족도가 높은 일을 하고 싶었다.

그래서 아주 재미있게 놀 수 있는 장소를 찾으려고 고민하다 보니 좀처럼 결정할 수가 없었다.

여름방학까지는 이제 얼마 안 남았다. 이대로 가다간 계획을 세우지도 못하고, 결국 대충 이 근처로 놀러 가서 볼링이나 치고 노래방에나 갔다 올 것이다.

그런 슬픈 미래가 우리를 기다리고 있는 듯했다.

『예산은 얼마야?』

"분발해서 1만 5천 엔 정도 준비했어."

『그렇게 기합을 넣었어? 다른 친구들은 괜찮대?』

"응. 한두 번 만에 돈을 다 써버리지 않으면, 어찌어찌하다가 우리 볼링 치러 가자! 아니면 노래방에나 갈래? 하고 적당히 놀게 될 것 같거든."

그런데 나와 스즈카는 이미 복권에 당첨됐으니까…….

『우리 둘은 돈이 있으니까 상관없잖아. 아~ 무섭다, 무서워. 돈을 많이 가지고 있으니까, 마음껏 놀게 될 것 같아.』

"맞아, 그게 문제야……."

『그런데 주변 사람들이 바빠서 같이 놀아주지 않을 것 같지만.』

"나하고는 달리 너는 친구가 많잖아."

같이 놀 상대가 없다고 하는 스즈카. 그러나 실은 교실에서도 친구가 많은 데다가, 교우 관계가 좋고 동아리 친구들도 많았다. 체육대회에서도 응원단으로 활동하면서 거기서도 또 친구를 사귀었다.

그에 비해 나는 동아리에서는 친한 친구가 없었고, 그나마 우리 반에 친한 친구가 몇 명 있을 뿐이었다.

왕따는 아니어도 거의 왕따에 가까웠다.

『친구가 많다니……. 아, 있잖아. 유우키, 너희들은 어디로 놀러 갈지 아직 못 정했다는 거지?』

"응."

『그럼 이참에 우리 그룹이랑 같이 놀이공원에 가볼래?』

"아―."

글쎄, 그러면 폐가 되지 않나?

모처럼 놀러 가게 되었으니까, 친한 친구들끼리 화기애애하게 놀고 싶을 것 같은데…….

『여자들끼리만 가도 되지만, 남자가 있으면 더 재미있을 것 같은데~ 하고 미키가 자꾸 투덜거렸거든. 그리고 다른 애들도 이러니저러니 해도 남자애랑 거의 놀지도 못하고 고등학교를 졸업하는 것은 왠지 좀 그렇다~라고 말했으니까, 아마 괜찮을 거야.』

"같이 노는 남자들이, 같은 반 친구여도 괜찮다는 거야?"

『그, 그건…… 글쎄, 잘 모르겠네.』

남자와 같이 놀고 싶더라도, 보통은 그 남자는 잘 고르고 싶어 할 것이다. 남자도 흔히 여자와 같이 놀고 싶다고 말은 하지만, 실제로 그 상대가 같은 반의 잘 아는 여자애라면 으음~ 하고 떨떠름한 기분을 느끼는 것이다.

"뭐, 어쨌든 나쁘진 않을 것 같네. 네 친구들한테 말해볼래? 나도 내 친구들한테 말해볼게."

『오케이—. 내일 말해 볼게!』

고등학교 생활도 이제는 종반에 접어들었다. 친한 녀석들과는 십중팔구 대학 진학 이후로는 사이가 멀어질 것이다.

그래서 꼭 여름방학에 추억을 만들고 싶었다.

내가 은근히 감상에 젖어 있는데, 스즈카가 살짝 웃음기 어린 목소리로 말했다.

『고등학교 마지막 여름. 제대로 좋은 추억을 만들고 싶지?』

"응, 정말로 그래. 저기, 그런데 스즈카. 나도 그렇지만, 너도 자주 같이 노는 친구들과는 진로가 다르던가?"

『응. 앗, 너무 오래 이야기했다. 슬슬 잘까?』

"그러네."

『그럼 잘 자. 내일 또 봐!』

"잘 자."

대화를 마친 나는 그대로 휴대폰을 탁자 위에 놓고, 불을 끄고 잠자리에 들었다.

그리고 다음 날.

나와 스즈카는 각자 친구들한테 제안했다. 남녀가 다 함께 뭉쳐서 무서운 놀이기구로 유명한 놀이공원에 가보자고.

뭐, 당연히 거절당했다.

♡ ♡ ♡

제안했다가 결국 실패해 버린 그날 방과 후.

나는 교무실에 가서 축구부 담당 선생님에게 종이 한 장을 내밀었다.

종이에는 이렇게 적혀 있었다. '탈퇴서'라고.

다시 한번 운동장에 설 수 있을 정도로 나는 정신력이 강하진 않았다.

이미 싫어진 것을 억지로 계속할 필요는 없다.

올여름에는 축구 따위는 잊어버리고 그 외의 일을 마음껏 즐기기로 했다.

『유우키. 무슨 일이 있어도 나는 네 편이야.』

소중한 사람이 나를 응원해 줬다.

그리하여 내가 선택한 것은 '축구'를 그만둔다는 선택지였다.

"고생했어. 유우키, 그동안 참 열심히 했지? 장하다, 장해. 장학생만큼 장해!"

"응. 고마워."

"자, 잠깐만. 나의 야심 찬 농담을 지금 무시한 거야?"

"응. 재미가 없었으니까."

"우와—. 무례한 남편이다."

스즈카가 일부러 교무실 앞에서 기다리고 있다가 나를 위로해줬다.

그래도 마음이 괴롭고 울적했다.

뭐라 형용할 수 없는 기분으로 집으로 돌아가는 길을 걷고 있는데, 스즈카가 또다시 나를 위로해 줬다.

"자, 이미 다 끝난 일이니까 그렇게 어두운 표정 짓지 마."

예쁜 얼굴. 머리카락도 윤기가 나고. 패션 센스도 발군. 성격도 보다시피 최고로 좋았다.

누군가에게 내 애인이라고 소개한다면 상대가 부러워할 것 같은 소녀. 그 소녀가 나를 위로해 줬다.

그래서 당연히 기운이 났는데, 내가 아직 어두운 표정을 짓고 있었기 때문인지 스즈카는 내 앞에 와서 섰다.

"저는 말이죠, 유우키가 기운을 차리려면 새로운 환경이 필요하다고 생각합니다."

"뭐?"

스즈카는 갑자기 영문 모를 말을 꺼냈다.

"결혼도 했으니까. 역시 같이 살자, 응?!"

축구에 대한 미련은 아직 있었다.

그래서 스즈카는 그 미련을 떨쳐낼 수 있도록 새로운 생활을 나에게 주려는 것 같았다.

"새삼스러운 말이긴 한데. 스즈카, 넌 정말 최고로 다정하고 귀여운 아내구나."

"훗, 그야 당연하지?"

자랑스럽게 가슴을 활짝 펴는 스즈카. 나는 그 모습을 보고 기분을 새롭게 바꿨다.

"좋아, 이제 기운이 났어. 그럼 진짜로 우리가 같이 살 집을 한번 찾아볼까?"

괴로운 일은 있었지만, 스즈카와 함께라면 틀림없이 뭐든지 극복할 수 있을 것이다.

제4화 그리고 동거 생활이 시작됐다

같이 살자는 제안을 농담으로 치부하지 않고, 정말로 우리는 같이 살기 위한 집을 골랐다.

그리하여 집 구조는 6LDK+S이고 넓은 정원까지 딸려 있는 집을 구입하기에 이르렀다.

참고로 그것은 혼인 신고서를 낸 다음에 카페에서 스즈카와 이것저것 이야기를 나눴던 바로 그 집이기도 했다.

넓은 거실 천장에는 프로펠러? 같은 것도 있었고, 욕실에는 TV가 있었다.

벽 쪽에는 멋지고 거대한 책장이 있어서 만화책이나 자잘한 물건을 마음껏 진열해 놓을 수 있었다.

같이 살기로 약속한 지 겨우 2주일 후. 결혼해서 한 달 만에 이렇게 될 줄이야…….

설마 집까지 사서 한집에 살게 되리라고는 예상치 못했다.

뭐, 아무튼 그래서 지금은 아직도 계속 짐을 풀고 있는 상태였다.

스즈카가 야한 속옷을 입고, 내가 드로즈를 억지로 입게 된 지 한 시간이 지났다.

손을 움직이고 있던 스즈카는 갑자기 나를 돌아보더니 장난치기 시작했다.

"저기, 우리 둘만 있는데. 안 덮쳐?"

"오히려 내가 물어보고 싶다. 덮쳐주면 좋겠어?"

"아니, 그게. 네가 자꾸 힐끔힐끔 나를 봤잖아?"

"그, 그거야, 예쁘고, 내가 좋아하는 사람이니까. 저절로 보고 싶어지는 걸 어떡해."

"우와. 오늘은 솔직하네?"

"그건, 왜냐하면……. 너를 옛날부터 좋아했다는 사실을 깨달았으니까. 괜히 숨기려고 해봤자 소용없잖아."

"흐, 흐—응. 그렇구나."

땀이 나서 축축해진 흰색 티셔츠가 피부에 착 달라붙어 은근히 섹시해진 스즈카.

그래서 나는 절로 가슴이 두근거렸고, 곁눈질로 힐끔 구경하고 싶어졌다.

아니, 그런데 내 아내잖아. 대놓고 똑바로 쳐다봐도 되지 않나?

남편의 특권을 구사하기 위해 스즈카를 자세히 봤다. 그러다가 내 시선은 스즈카가 입고 있는 반바지에서 정지했다.

설마 아까 그 속옷을 입은 이후로 갈아입지 않은 건가?

그런 속옷을 입은 채 태연한 얼굴로 내 옆에서 작업을 하고 있었던 거야?

그렇게 생각하면 생각할수록 망상이 멈추지 않았다.

"어? 뭐야. 혹시 내가 아직도 그걸 입고 있다고 생각하는 거야?"

"아, 아니…… 그건 아니야."

"확인해 볼래?"

꿀꺽 마른침을 삼켰다.

손을 내밀어도 스즈카는 절대로 화내지 않을 것이다. 하지만 그동안 소꿉친구로 지내왔던 추억이 나를 방해했다.

어린 시절에는 아무렇지도 않게 장난으로 치마를 들췄는데, 이제 나는 그렇게 성욕 따위 몰랐던 순수한 소년이 아니라서…….

"유우키. 너 겁쟁이야?"

"네 팬티 같은 것은 앞으로 얼마든지 볼 수 있잖아? 그냥 다음 기회에 볼래."

"푸훗. 뭔 소리야?"

스즈카가 비웃었다.

뭐, 네가 그렇게 비웃어도, 실은 나도 알고 있거든?

스즈카 옆에 놓여 있는 물건을 집으려고 나는 슬쩍 손을 뻗었다.

그러자 스즈카는 내가 자기한테 손대려고 하는 줄 알았는지, 움찔 하고 몸을 움직였다.

"먼저 유혹한 주제에, 내가 손대려고 하면 순식간에 겁먹기나 하고……."

"그, 그런 적 없거든?"

거짓말하지 마.

중학교 1학년 때 스즈카가 나를 놀렸었다. 내 가슴 만지고 싶으면 한번 만져봐, 응? 하고.

그때는 나도 좀 울컥해서 홧김에 확! 하고 만졌다. 아니, 주물렀다.

내가 손대기 전에는 여유가 넘쳤던 주제에, 스즈카는······ 그때 예상외로 당황했었다.

새빨개진 얼굴로 식은땀을 줄줄 흘리면서 마치 먹이를 원하는 잉어처럼 입을 뻐끔거리고 있었다.

그때 내 심정이 어땠는지 알겠는가?

아, 이거, 위험하지 않나? 오랫동안 이어져온 소꿉친구로서의 관계가 여기서 끝나는 거 아냐? 하고 생각했다.

진짜로 간담이 서늘해지고 얼굴이 창백해졌다니까······.

그때는 우리 둘 다 1주일 정도는 어색하기 짝이 없는 소꿉친구로 지냈었다. 그걸 누가 잊을까 보냐.

그러니까 요약하자면. 내가 손을 대면 아마도 높은 확률로 스즈카는 겁먹을 것이다.

눈앞에 있는 예쁜 소녀는 그런 여자애인 것이다.

"훗. 됐어, 빨리 정리나 끝내자."

"자, 잠깐만. 그 여유로운 미소는 뭐야?"

"아니, 그냥 아무것도 아닌데? 그나저나 배고프다. 밥이나 먹지 않을래?"

어느새 오후 1시가 넘었다.

이 집에 짐이 도착했던 오전 11시부터 내내 작업만 하고 있었다.

휴식도 할 겸 점심을 먹기에는 딱 좋은 타이밍이었다.

우리 둘이서 식당에 가도 될 텐데, 스즈카는 나무늘보처럼 꼼짝도 안 하려고 했다.

편의점에 가서 뭐라도 좀 사 와, 응? 하고 나한테 부탁까지 하셨다.

피곤하기도 하고 바깥은 더웠다. 편의점에 가기 싫은 것은 나도 마찬가지였다.

그래서 누가 사러 갈지 정하려고 가위 바위 보를 하게 되었다.

"가위 바위……. 바위―!"

"가위."

"아싸. 내가 이겼다. 도시락이랑 음료수랑 디저트, 그리고 간식도 부탁할게. 오케이?"

"알았어. 그럼 갔다 올게."

가위를 낸 나의 패배.

그래서 서둘러 휴대폰을 들고 편의점으로 향했다.

"아, 덥다……."

줄줄 폭포수 같은 땀을 흘리면서 나는 울분을 느꼈다. 가위 바위 보에서 졌기 때문에.

걷기만 해도 숨이 막혔다.

그때 주머니 속에 있어야 할 물건이 없다는 사실을 눈치 챘다.

그렇다. 지갑이었다.

어휴…… 이대로 가면 아무것도 못 사겠네…….

"뭐, 그나마 금방 눈치채서 다행인가."

아직 50m밖에 안 걸었다.

나는 다시 우리 집으로 돌아가기 시작했다.

♡ ♡ ♡

그런데 집에서는 스즈카가 혼자 집을 지키고 있었다.

내가 없으면 무슨 짓을 할까? 하고 궁금해졌다.

슬금~슬금, 들키지 않도록 조심하면서 거실과 복도 사이의 문을 열어봤다.

"아아, 난 정말로 유우키를 좋아했나 봐. 에헤헤……."

스즈카는 거실 바닥에서 데굴데굴 굴러다니면서 몸부림을 치고 있었다.

아―, ……어쩌지, 뭔가 들으면 안 되는 혼잣말을 들은 것 같은데.

좋아, 못 들은 것으로 하자.

일부러 한 번 더 현관문을 활짝 열어서, 내가 집에 돌아왔다는 사실을 알려줄까……?

그러나.

스즈카의 혼잣말은 끝날 기미가 안 보였다.

"우후후. 그런데 걔는 겁쟁이여서……. 귀엽긴 하지만, 나는 강압적인 것도 좋아하는데……."

스즈카는 몸을 일으켰다. 그리고 반바지를 잡아당겨 자신이 입고 있는 팬티를 확인했다.

살짝 보였는데, 역시나 아까 내가 입으라고 했던 속이 다 비치는 팬티를 아직도 입고 있는 것 같았다.

"차려진 밥상을 마다하는 것은 남자의 수치라는 말이 있는데. 그것도 모르는 걸까?"

내가 없다고 믿고 있는 스즈카의 적나라한 혼잣말을 듣다 보니, 저절로 흥분되었다. 쿵쿵 하고 피가 빠르게 흘렀다.

그러다가 갑자기 고개를 움직인 스즈카와 눈이 딱 마주쳤다.

"……."

"……."

순식간에 조용해졌다. 그 후 내가 먼저 입을 열었다.

"아~, 저기. 미안."

"어, 언제부터 거기 있었어?"

"차려진 밥상을 마다하는 것은 남자의 수치라고 할 때부터."

"그, 그랬어?"

"나, 나는 그냥, 지갑을 가지러 돌아온 거거든?"

"으, 응. 정말로 차려진 밥상이 어쩌고저쩌고 하는 혼잣말부터 들은 거, 맞지?"

"뭐, 그렇지."

그렇게 안 들은 척을 해봤는데, 스즈카의 눈빛은 전혀 나를 믿는 것처럼 보이지 않았다.

나는 뭔가를 숨기거나 거짓말하는 데에는 소질이 없으니까…….

"응, 그래서? 솔직히 말하면?"

"난 정말로 유우키를~ 어쩌고 하는 부분부터."

"뭐야, 다 들었네?!"

"미, 미안."

"내가, 어…… 유우키, 너를 좋아한다고 말했던 거, 다 들었다는 거지?"

"……네."

스즈카는 살며시 고개를 끄덕이는 나를 쳐다봤다. 그 얼굴이 단번에 새빨개졌다.

아직은 서로 좋아한다고 말하는 데 익숙해지지 못한 우리들.

그러니까 상대에게 들려줄 마음이 없었던 순수한 말을 상대가 들었다고 하면, 아무래도 충격이 있을 수밖에 없었다.

"알았어. 그럼 이 기회에 말할게……."

"응?"

"……말…… 해."

소리가 너무 작아서 뭐라고 말했는지 들리지 않았다.

"응? 뭐라고?"

그러자 스즈카는 살짝 바들바들 떨더니, 팔을 내리고 몸을 기역 자에 가깝게 구부리면서 소리를 질렀다.

"유우키, 너를 정말 좋아해!!!"

대담한 고백을 받았다.

민망함을 조금이라도 떨쳐내려고 과감하게 이런 행동을 했나 본데, 그게 은근히 실패한 것 같았다.

스즈카는 입을 다물고 뺨을 부풀리면서 이 상황을 견디고 있었다.

어쩐지 눈이 빙글빙글 돌고 있는 것처럼 보이기도 했다.

"나, 나의, 어떤 점이 좋은데?"

"그, 그걸 지금 물어보는 거야?!"

"좀 궁금해서. 아니, 미안. 말하기 싫으면 안 말해도 되는데……."

뺨을 긁적거리면서 철회했다.

그래, 지금 물어볼 만한 것은 아니었다. 이 분위기를 조금 바꿔보려고 하다가 실패하고 말았다.

그런데 오늘의 스즈카는 일부러 방어를 안 하는 전법을 선택했는지.

전력으로 질주하시는 것 같았다.

"좋아하는 이유는, 이것저것 많아. 어릴 때부터 같이 있었던 것도 그렇고, 네 다정한 성격도 좋아하고……."

묘하게 말이 빨랐는데, 거짓말이 아니란 것은 확실히 알 수 있었다.

안 그래도 흐물흐물해져 있던 내 뺨이 점점 더 무너지면서 미소가 번졌다.

마지막으로 스즈카는 다소 큰 목소리로 나에게 말했다.

"내가 복권 당첨금을 혼자 받으러 갔었잖아? 그런데도 나를 싫어하지 않고 늘 변함없이 있어줘서, 난 정말로 기뻤어. 그렇게 착하고 다정한 점이 제일 좋아…… 좋은 것 같아."

"으, 응."

"어…… 네, 끝입니다."

전부 다 말한 다음에 스즈카는 크게 심호흡을 하면서 마음을 가라앉혔다.

"나를 정말로 좋아하는구나……."

나는 헤벌쭉 웃고 있는 입가를 보여주기 싫어서 손으로 가렸다.

그렇게 은근히 만족스러워하는 나를 보고 스즈카는 아마도 안심했는지 기뻐했다.

억누를 수 없는 감정이 끊임없이 나를 덮쳤다. 그 와중에 조그만 목소리가 들려왔다.

"저, 저기, 유우키. 지, 지금, 이 집에는 우리들 말고는 아무도…… 없지?"

"응, 그런데……."

"부, 부부가 할 만한 짓을, 해볼래?"

차려진 밥상을 마다하는 것은 남자의 수치란 말도 들었으니까. 여기서 도망치는 것은 뭔가 아니다 싶었다.

나는 무의식중에 숨을 들이켰다. 그리고 나를 무척 좋아해주는 소녀를 향해 손을 뻗기 시작했다.

하지만 고지식한 내 성격이 '잠깐만!' 하고 브레이크를 걸었다.

연인으로서 경험해온 것이 하나도 없는데 이런 짓을 한다는 것은 너무 아깝지 않아?

그런데 스즈카는 눈을 감은 채 내가 다가오기를 기다리고 있었고……

자, 이제 시작하자. 바야흐로 그런 순간이었다.

딩동! 하고 초인종 소리가 집 안에 울려 퍼졌다.

너무 놀라서 나는 힘차게 펄쩍 뛰어 스즈카한테서 멀어졌다.

"누, 누가 왔나 봐."

"화, 확인하러 가볼까?"

"그러자."

초인종이 울렸으니 한 사람만 가도 됐는데, 우리는 왠지 모르게 둘이서 현관으로 갔다.

찾아온 사람은 스즈카의 어머니였다. 아, 그러고 보니 도와주러 오신다고 했던가.

"어머나, 너희 둘 다 얼굴이 빨간데?"

히죽 웃는 얼굴로 나와 스즈카를 쳐다보는 장모님.

우리는 민망함 때문에 로봇처럼 삐걱거리긴 했지만, 그래도 아무 일도 없었던 것처럼 행동했다.

여기서 우리의 어색한 분위기를 모른 척해 주면 정말 좋을 텐데.

"젊다는 것은 좋구나."

뭐, 그런 사람이 아니란 것쯤은 알고 있었다.

장모님은 당연하다는 듯이 나와 스즈카에게 추가 공격을 가하는 것이었다.

스즈카 Side

"휴~, 정말이지. 너무 싫다아…….."

유우키는 다시 점심을 사러 밖으로 나갔고. 우리 집까지 차를 타고 온 우리 엄마는 친절하게도 근처에 있는 대형마트로 티슈와 화장지를 사러 가주셨다.

이번에야말로 혼자가 된 나는 짐을 풀던 손을 멈추고 잠시 휴식을 취했다.

물론 조심하고 또 조심해서, 복도에 나가서 누가 없나 확인하는 것도 게을리하지 않았다.

"크윽~~~~. 민망해 죽을 뻔했네!"

『아아, 난 정말로 유우키를 좋아했나 봐. 에헤헤……』라니, 본인에게는 부끄러워서 직접 말하기 어려운 그 혼잣말을 들키고 말았다.

아, 아니, 그게. 그렇잖아?

유우키를, 나, 남편으로 인식하기 시작했고, 예전부터 좋아했다고 생각하게 되었고, 뭐 그런 식으로 한번 의식이 달라지니까 내가 엄청나게 좋아했었구나! 하고 깨닫게 되었으니. 어쩔 수가 없잖아…….

유우키를 사랑하고 싶은 이 마음이 결혼한 후에 생겨난 것이라면, 나는 참 쉬운 여자일 것이다.

하지만 나는 그렇게 쉬운 여자가 아닌걸. 아마도…….

그나저나 중요한 것은.

내가 민망함을 숨기려고 대담하게 고백을 했을 때 은근히 기뻐하던 유우키. 그 모습은 잊을 수 없었다.

나의 일방통행이 아니었던 것이다. 그래서 기분이 무척 좋아졌다.

미친 듯이 흥분해서 나도 모르게 "부부가 할 만한 짓을 해볼래?" 하고 유우키를 유혹했을 정도로, 그 감동은 내 가슴을 강하게 쳤다.

그런데 나는 유우키를 겁쟁이라고 놀렸지만…….

"어휴, 엄청 무서웠어."

이쪽으로 다가오는 유우키 때문에 완전히 겁먹었다.

스킨십을 하는 사람은 나. 스킨십을 당하는 사람은 유우키.

어린 시절부터 그런 구도로 살아왔기 때문일까. 어느 순간 나는 깨달았다. 나한테는 내성이 없다는 것을.

무엇에 대한 내성이냐고?

유, 유우키한테 스킨십을 당하는 것에 대한 내성이지.

아하하하……. 설마 이 정도로 심각한 수준인 줄은 몰랐지만.

엄마가 오시지 않았다면, 나한테 다가오는 유우키를 확 밀어냈을 가능성도 있었다.

유우키와 그런 행위를 하고 싶다.

좋아하는 상대라고 확실하게 인식한 다음부터는 엄청나게 하고 싶었다.

그런 행위가 뭐냐고? 그거야 뭐, 당연히 좋아하는 사람들끼리 하는 거시기한 짓이다.

나는 끈적끈적하게 달라붙을 수 있는데, 유우키가 나한테 달라붙는 것은 금지.

아니, 이건 너무하잖아?! 완전히 악처잖아!

좋아, 다, 다음에는 꼭 유우키의 기대에 부응할 수 있도록 노력해야겠다!

나는 그런 각오를 가슴속에 품으면서 잠시 쉬고 나서, 다시 짐을 풀려고 손을 움직이기 시작했다.

제5화 밤하늘 아래 둘이서 걷다

집 밖은 새까맸다.

도와주러 오셨던 장모님도 "다음에 또 올게"란 말을 남기고 집에 돌아가셨다.

자, 이제 우리 집에는 스즈카와 내가 단둘이 남았다.

그동안 부모님과 함께 살았기 때문에 짐이 적어서 그런지, 짐 푸는 작업은 그럭저럭 끝났다.

가구와 가전제품 중에 아직 도착하지 않은 것들이 있긴 하지만.

"스즈카, 오늘 저녁은 어쩔래?"

"아—, 맞다. 뭐 먹을까?"

부모님과 함께 살 때에는 저녁밥 같은 것은 따로 신경 쓰지 않아도 저절로 나왔었다.

그러나 이 집에는 다정한 부모님은 없었다.

"가까운 마트에 장이라도 보러 갈까?"

"응. 냉장고도 무사히 도착해서 이제는 충분히 안이 시원해졌으니까."

피곤한 몸을 일으켜서 우리 둘은 근처의 마트에 가려고 외출했다.

편의점이 더 가까웠지만, 이것저것 많이 사려면 마트에

갈 수밖에 없었다.

숨 막히게 더운 여름날 밤. 걷기 시작하자 금세 몸에서 땀이 배어 나왔다.

아직은 익숙하지 않은 동네이다 보니 나도 모르게 낯선 풍경에 시선을 빼앗겼다.

어느새 나는 스즈카와 멀리 떨어지고 말았다.

"자, 잠깐만. 어떻게 자기 아내를 어둠 속에서 혼자 돌아다니게 놔둘 수 있어? 이거 나쁜 남편이네……."

"아, 미안해. 잘 따라갈 테니까 삐치지 마."

"흐음, 유우키. 네가 나를 따라와 준다고? 그러면……."

스즈카는 가볍게 뛰면서 나를 피해 도망쳤다.

쫓아가지 않고 쳐다보고 있었더니, 멀리서 스즈카가 불만스럽게 외쳤다.

"저기, 쫓아와야지!"

"이 나이에 술래잡기라니, 그건 좀……."

"네가 그렇게 말하면, 신이 나서 도망쳤던 내가 부끄러워지잖아."

"응, 실제로 부끄러운 짓을 했다고 생각해."

"정말 나쁜 남편이다. 나를 따라올 거라고 했으면서."

"그렇다고 전력 질주로 도망을 쳐?"

"아니, 그래도……."

투덜거리면서 내 곁으로 돌아온 스즈카.

아직 마트에 도착하려면 멀었으므로 간단한 화제를 꺼내

봤다.

"그건 그렇고, 이제 이사도 끝났잖아? 내일부터는 정신 차리고 입시 공부를 해야겠네."

올여름은 대입 시험의 중요한 준비 기간일 것이다.

지난 며칠 동안 우리는 장난 아니게 농땡이를 쳤다. 하지만 이사의 장점은 엄청났다.

부모님 댁보다도 새집에서 고등학교까지 가는 길이 훨씬 짧은 것이다.

통학 시간이 줄어들었으므로, 지난 며칠 동안 낭비했던 시간과는 비교가 안 될 정도의 시간을 얻게 되었다.

그동안 진도가 늦어졌던 것도 금방 만회할 수 있을 것이다.

단, 나와 스즈카가 농땡이를 치지 않는다면.

"응, 조심해야겠어. 지금 열심히 하지 않으면 나중에 큰일 날 테니까."

"좋아, 그럼 내일은 열심히 공부하자. 그래도 오늘은 푹 쉬어야지. 아아, 피곤하다……."

보조를 맞춰서 걷고 있는 스즈카의 손이 바로 옆에 있었다.

무심코 그 손을 잡으려고 했다.

하지만 과거의 기억 때문에 왠지 좀 쑥스러워서 그럴 수가 없었다.

"어릴 때에는 내가 툭하면 이리저리 돌아다닌다고 해서, 너희 어머니와 우리 어머니가 둘 다 우리한테 그러지 않았어? '너희들끼리 손 꼭 잡고 다녀!' 하고."

"아, 맞아. 어릴 때 너는 툭하면 어디론가 사라졌거든. 그런데 그 이야기는 왜 해?"

"지금은 더 이상 그렇게 손을 잡지도 않잖아. 그리고 어느새 내가 이리저리 돌아다니는 게 아니라, 네가 미아가 될 정도까진 아니어도 부지런히 돌아다니게 되었고."

"사람은 성장하기 마련이니까."

나는 그렇다 쳐도 스즈카는 성장했다고 할 수 있는 걸까?

뭐, 그게 중요한 것은 아니지만.

"아무튼 그래서 말인데. 너와 나는 아마도 계속 변하게 될 테고……."

"서론이 길다. 이 부끄럼쟁이야. 유우키, 너 손 잡고 싶어서 그러는 거지?"

모든 것을 꿰뚫어 보고 있었나 보다. 스즈카는 내 뺨을 콕콕 찔렀다.

그리고 그 후 스즈카는 보란 듯이 손을 내밀어 줬다.

"아니, 왠지 부끄럽단 말이지."

이제는 스즈카를 소꿉친구가 아니라 내 아내로 보게 되었다.

소꿉친구로서는 아무렇지도 않게 손을 잡을 수 있었을 것이다.

실제로 얼마 전에는 아무렇지도 않게 잡았었고.

하지만 지금은 묘하게 부끄러워서 스즈카의 손을 잡을 수 없었다.

"자, 빨리."

나는 눈치를 보면서도 스즈카가 내민 손을 잡았다.

바보같이 함께 웃으면서 장난을 쳤던 스즈카와, 이런 식으로 손을 잡는 날이 올 줄은 꿈에도 몰랐다.

스즈카는 풀리지 않도록 내 손을 꽉 하고 힘주어 잡았다.

손을 잡으니까 즐거움과 두근거림이 내 가슴속을 채웠지만, 약간 불만도 있었다.

오늘은 평소보다 더 바깥이 더웠다.

더구나 밖에 나온 지 시간이 꽤 지나서 땀도 많이 흘린 상태였다.

"끈적끈적하네."

"응. 끈적끈적해."

손에 땀이 나서 그런지 엄청나게 끈적거렸다.

스즈카는 조금 불쾌한 것처럼 보였다.

나는 그런 얼굴이 사랑스러워 보여서 좀 더 강하게 손을 잡았다.

상대가 귀여울수록 더 괴롭히고 싶어 하는 것은, 바로 이런 심리 때문이 아닐까.

"이런 손이 마음에 들어? 유우키, 너 변태구나. 하지만 좋아하는 사람의 손이 어떤 상태이든지 간에 개의치 않고 잡아준다는 것은, 조금 기쁠지도 몰라."

"흐음. 끈적끈적한 손을 남한테 잡혀서 기뻐하는 너도 충분히 변태 같은데?"

"아하하하. 변태 남편과 변태 아내. 궁합이 아주 좋은데?

응, 그러니까. 그거 살래?"

"그거라니?"

"그거 말이야, 그거. 알잖아? 그거. 진짜로 할 때 사용하는 그거 말이야."

"아—, 그건 가지고 있어."

아마도 스즈카가 말하는 '그것'은 밤일에 꼭 필요한 물건일 것이다.

만약의 경우를 상정하여 편의점에서 이미 사놓았다.

점심밥을 사러 갔을 때 혹시나 하고 구입한 것이다.

"나와 그런 짓을 하는 것을 기대하고 산 거야?"

"뭐, 어른으로서 적어도 준비는 제대로 해놔야겠다고 생각한 거야."

"헉, 징그러워. 그 말투는 뭐야? 나 살짝 소름 끼쳤어……."

"야. 말이 너무 심한 거 아냐? 아니, 그러는 너야말로 부끄러워하는 척하면서 '그거'라고 말을 하는데, 수학여행 갔을 때에는 정식 명칭으로 나한테 확실하게 말을 했었잖아? 그리고 친구가 이거 사! 하고 추천해 줬던 그거, 상자에 여주(오이와 비슷하게 생긴 울퉁불퉁한 채소. 오키나와 특산물)가 그려진 그 이상한 제품은 결국 샀어? 하고 나를 놀리기도 했었지?"

"아, 아니 그게 좀, 부끄러운걸. 그런데 네가 가지고 있다는 그런 건, 결국 그때 친구한테 강매당했던 그거야? 어~ 아무리 그래도, 그건 좀……."

"그거 아니야—!"

도중에 멋쩍은 기분도 점점 사라져서 우리는 서로를 무시하고 놀리다가 어느새 마트 안에 들어가게 되었다.

빙글 한 바퀴 돌면서 이것저것 장바구니에 넣었다.

복권에 당첨돼서 씀씀이가 헤퍼진 걸까. 과자도 잔뜩 골랐다.

계산대로 가져가서 계산을 마치고, 좀 무거운 비닐봉지를 손에 들고 걷기 시작했다.

이유도 없이 나와 스즈카는 웃고 있었다.

"유우키와 같이 마트에 오다니. 이게 무슨 일이래?"

"응, 왠지 웃기지?"

뒤에서 자전거가 달려오는 소리가 났다.

나는 반사적으로 스즈카가 입고 있는 얇은 점퍼의 후드를 잡아당겼다.

"악. 뭐야, 갑자기 후드 잡아당기지 마!"

"아니, 뒤에서 자전거가 와서."

"아무리 그래도 후드를 덥석 잡으면 안 되잖아? 이건 가정 폭력이야, 가정 폭력!"

생각보다 더 아팠나 보다.

좀 화가 난 스즈카의 마음을 달래 주려고 나는 비닐봉지에서 초콜릿을 꺼내 들었다.

"자, 이거라도 먹고 기분 풀어."

"나를 우습게 보는 거야?"

"우습게 보는 게 싫으면, 야하게 봐줄까?"

"헉, 징그러워……."

"미안. 방금 그건 내가 생각해도 징그러웠다. 용서해줘."

"우후후. 조금 징그러운 점도 귀여우니까 봐줄게! 아마 나도 너를 너무 좋아해서 무심코 징그러운 말을 할 것 같거든."

"그럼 나도 그때는 '헉, 징그러워' 하고 질색해야겠다."

"우와──, 나빴어."

아직은 집 주변의 지리를 충분히 파악하지 못해서 그런지 중간에 길을 잃고 헤매긴 했지만, 그렇게 나와 스즈카는 우리 집으로 돌아갔다.

집에 도착했을 때에는 초콜릿과 아이스크림이 흐물흐물하게 녹아 있어서 우리 둘은 쓴웃음을 지었다.

제6화 신혼이니까 같이 목욕해도 되는 거겠지?

결국 저녁밥을 차려 먹을 마음이 나지 않아서 마트 도시락을 먹었다.

짐 푸느라 고생해서 기운이 하나도 없었다.

나와 스즈카는 지친 몸을 달래주기 위해 얼른 목욕하고 자기로 했다.

욕조에 물을 받아 이제는 들어갈 수 있게 되었는데, 이때부터 나와 스즈카는 싸우기 시작했다.

"내가 먼저 목욕할 거거든?"

"아니, 내가 먼저 할 거야."

반짝반짝한 새 욕조에서 하는 첫 목욕.

우리 둘 다 양보하지 않으려고 으르렁거리면서 싸웠다.

나와 스즈카는 목욕을 아주 좋아했다. 가볍게 한 시간쯤은 욕조에 들어가 있을 수 있는 인간이었다.

더구나 새집인 이 집의 욕실에는. 놀랍게도 TV가 설치되어 있었다.

예능 프로그램을 보면서 편안하게 목욕물에 몸을 담그고 있으면 최고로 기분 좋을 것이다.

물러설 수 없는 싸움이 여기 있었다.

새집에서 발생한 최초의 충돌은 점점 더 격렬해졌다.

"축구부 때문에 문제가 생겼을 때에는 내가 너를 많이 위로해 줬잖아?"

"아니, 야. 나도 복권 문제로 실수했던 너와 결혼해 줬잖아?"

점점 뜨거워지는 논쟁. 이러다 몸싸움도 일어날 것 같았다.

뭐, 그래봤자 진심은 아니고 서로 장난이나 치는 수준이었지만.

아무튼 이사를 오자마자 사이가 나빠지는 것은 좀 그러니까. 여기서는 양보할까.

"나 참. 알았어, 그럼 너 먼저 들어가."

"됐어. 유우키, 너 먼저 들어가."

"아니, 사양할 필요 없는데?"

"내가 양보해 준다니까?"

말다툼은 조금 더 이어졌다.

그리고 결국 내가 먼저 목욕탕에 들어가게 되었다.

탈의실에서 옷을 벗고 욕실로 들어갔다.

우선 샤워기로 샤워를 했는데, 이 시점에서 벌써 기분이 좋아졌다.

몸을 깨끗이 씻은 다음에 얼른 욕조에 들어갔다.

그리고 계속 신경 쓰였던 TV를 틀어봤다.

아아, 너무 좋다.

나는 편안하게 욕조 안에서 다리를 쭉 뻗고 몸의 피로를 풀었다. 그런데 그때.

드르륵 하고 탈의실 문이 소리를 냈다.

스즈카, 이 자식…… 역시 최초의 목욕을 빼앗긴 게 아쉬워서 나를 방해하러 왔구나?

나는 불평하고 싶어졌다. 그래서 허리에 수건을 꼼꼼히 두르고 탈의실로 가는 문을 열었는데…….

"저기, 나 역시 최초의 목욕은 양보할 수 없어! 우리는 신혼이잖아. 그러니까 같이 목욕해도 되지?"

황당하게도 중학교 시절의 학교 수영복을 입은 스즈카가 나타났다.

그 녀석은 가볍게 샤워해서 몸을 깨끗이 씻은 뒤 목욕물 속으로 다이빙했다.

"와, 너무 좋다~~~~."

욕조에서 쫓겨난 나.

김이 빠지는 기분이었다. 그래서 나중에 느긋하게 목욕해야지 하고 그곳을 떠나려고 했는데…….

"어? 뭐야, 안 들어와?"

"됐어. 너한테 뺏겼잖아."

"같이 들어오면 되잖아. 난 그러려고 수영복 입고 왔는데?"

넓은 욕조는 두 사람이 들어가지 못할 정도는 아니었다.

하지만 다소 자리가 좁아서 서로의 몸이 여기저기 부딪칠 게 뻔했다.

"우리는 부부잖아. 사양할 필요 없거든?"

멋있는 척하면서 욕조에 들어오라고 나를 유혹하는 스즈

카. 하긴, 일단 부부니까 아무 문제도 없을 것이다.

게다가 역시 목욕탕을 빼앗기는 것은 분했다.

허리에 감은 수건이 풀리지 않도록 조심하면서 나는 욕조 안으로 발을 집어넣었다.

몸을 목욕물에 깊이 담글수록, 몸의 부피만큼 물이 자꾸 흘러넘쳤다.

"좁네."

"그러게."

몸과 몸이 서로 닿았다. 부드럽고 탄력 있는 스즈카의 피부가 기분 좋게 느껴졌다.

어느새 자연스럽게 내 몸속에서 흐르는 혈액의 속도가 빨라져 있었다.

"부끄러운데, 어쩐지 행복한 것 같기도 해. 좋아하는 사람과 좁은 욕조 안에서 이렇게 정답게 노는 시간은 특별하구나~란 생각이 들어서. 얍, 이얍."

스즈카는 욕조 안에서 몸을 움직이더니 내 몸에 기대었다.

"무거워."

"에헤헤. 미안."

그렇게 사과하면서도 나한테 계속 기대어 있는 스즈카.

좀 건방진 그 태도가 마음에 안 들었다. 그래서 괴롭혀 주려고 스즈카의 몸을 건드리려고 했는데⋯⋯.

도중에 내 손이 멈췄다.

"지금 내 몸을 만지려고 하다가 머뭇거렸지?"

"어, 으음. 왠지 부끄러워져서……."

"응, 나로선 그래주면 진짜 고맙지. 있잖아, 유우키. 내가 너를 만지는 넌 좋아하는데, 네가 나를 만지는 건 아직 좀 익숙하지 않거든."

"너도 참 제멋대로이구나."

"하지만 너의 스킨십을 허락하지 않는 것은 아니거든? 자, 유우키. 나를 만지고 싶으면, 네 이름에 어울리게 용기를 내 봐(일본어에서 '용기'는 '유우키'라고 발음한다.)."

"크윽……."

상대가 시시한 말장난을 하면서 도발하는데도 난 여전히 부끄러움이 더 커서 스즈카의 부드러운 피부를 만지지 못했다.

뭐, 그렇게 스즈카와 적당히 놀다 보니 어느새 흥분은 가라앉았다.

상대가 스즈카가 아니었다면 이럴 수는 없었을 것이다.

중학교 시절에 입었던 학교 수영복은 몸에 꽉 끼어서 굉장히 섹시해 보였지만.

그런 스즈카와 굳이 야한 짓을 하지 않아도 행복한 시간을 보냈다.

나와 스즈카는 둘이서 TV를 보면서 서로 몸을 붙인 채 즐겁게 잡담을 나눴다.

"저기, 좀 물어보고 싶은 것이 있는데……."

스즈카는 꼬물거리면서 뭔가 물어보고 싶어 하는 것 같았다. 그런데 좀처럼 물어보진 않았다.

느긋하게 기다리고 있는데 상대가 조심스럽게 말했다.

"유우키. 네 입장에서는, 어, '네가 실수한 거잖아, 난 몰라! 복권 당첨금을 내놔!' 하고 으박질러도 이상하진 않았을 텐데. 왜 나한테 다정하게 잘해 주는 거야?"

"뭐야, 또 그 이야기야? 애초에 네가 복권을 같이 사자고 제안하지 않았다면 나는 돈을 얻지도 못했을 거야. 그런데 네 실수를 비난하면서 나 혼자만 철저하게 이득을 보려고 한다면, 그건 너무 뻔뻔한 짓이잖아. 벌써 몇 번이나 설명해 줬는데 또 물어봐?"

"정말이지 넌 고지식하고…… 다정하구나. 그런 점이."

"그리고 이것도 전에 너한테 말했던 것 같은데……."

"으, 응? 뭔데?"

"나는 복권 당첨금 때문에 너와 싸우다가 사이가 나빠지는 게 싫었어."

주변의 어른들이 말씀하셨다. 당첨금을 어떻게 할지 확실히 정하는 과정에서 나와 스즈카는 틀림없이 싸우게 될 거라고.

온갖 돈 문제가 적당히 좋게 무마될 수 있는 부부 관계가 되면 어떨까? 하는 제안을 받은 것은 그런 이유 때문이었다.

새로운 관계를 받아들이기로 결심한 것은, 스즈카와 여전히 사이좋은 관계로 남고 싶었기 때문이다.

소꿉친구와 부부. 하늘과 땅만큼이나 전혀 다른 관계이지만.

최근 들어 확신했다. '사이좋은 관계를 유지하고 싶다'는 내 마음속 밑바닥에 존재했던 감정의 정체를.

"나도……. 오래전부터 너를 좋아했던 것 같아."

"그럼 너는 나를 좋아하니까, 멀어지고 싶지 않았던 거구나?"

"……응, 아마도. 눈치채지 못했을 뿐이지, 너를 꽤 많이 좋아했던 걸지도 몰라. 최근에는 그런 생각이 강하게 들어."

복권에 당첨되지 않았더라면 나는 스즈카에 대한 연애 감정을 눈치채지 못했을 것이다.

대학에 들어가 사이가 멀어지기 시작했을 무렵에 스즈카가 나 말고 다른 남자와 친하게 지내는 모습을 보고, 그제서야 비로소 깨달았을 것이 틀림없다. '아아, 나는 스즈카를 좋아했었구나' 하고.

"저기, 그런데 어떤 점이 좋아? 구체적인 에피소드를 하나 말해줘."

"글쎄. 역시 나와 놀아주는 거? 중학교에 입학한 다음에도 너는 '성별 따위는 상관없어! 유우키와 나는 친한 친구잖아?'라고 말하는 것처럼 주변 사람들의 시선에도 아랑곳하지 않고 나한테 다가와 줬잖아. 그때는 상당히 기뻤어."

"어, 정말? 그때는 귀찮으니까 자기한테 가까이 오지 말라고 했었잖아? 어휴, 너 츤데레구나."

"그래. 왜, 뭐가 나빠?"

"나쁘진 않지. 응, 그래서?"

"끝인데?"

"뭐야~. 좀 더 이야기해 봐."

"아니, 이야기하라고 해봤자……. 아, 맞다. 최근에 새삼스럽게 너의 매력을 재확인했던 게 생각났어."

"뭔데, 뭔데?"

"가능한 한 밝게 행동해 주는 거."

"아, 그거?"

"복권 문제로 실수했을 때 너는 엄청나게 괴로워했지? 실은 지금도 괴로워하고 있을 테고. 나한테 폐를 끼친 게 아닐까? 하고 아직도 신경 쓰고 있잖아."

"아하하……."

"그런데도 걱정 끼치기 싫어서 '내가 잘못했다, 그러니까 울지 마!' 하는 식으로 밝고 기운차게 행동하고 있잖아. 그렇게 강하게 살려는 너의 태도가 정말로 좋다고 생각해."

"응, 나는 최강이니까!"

커다란 가슴을 활짝 펴고 으스대는 스즈카.

괴로운 마음을 억지로 가슴속에 담아두다가 너무 힘들어질까 봐 걱정이다.

"그런데 약한 부분도 보여줘도 되니까……."

나는 좀 부끄러워하면서도 말을 덧붙였다.

"나도 약한 부분을 잔뜩 보여줬잖아."

그렇다. 이미 실컷 보여줬다. 그래서 지금 이렇게 된 것이다.

상대가 나의 약한 모습을 포용해 줬으니까 나도 제대로 포용해 주고 싶다.

"고마워. 하지만 난 괜찮아!"

아무리 기운이 넘쳐도 역시 걱정이 됐다.

괴로움을 꾹꾹 눌러 죽인 채 발산시키지 못하다가, 결국 감당하지 못하게 되어버리면 어쩌나 하고.

"정말로 무슨 일 있으면 말해줘야 해, 알았지?"

"우리 남편은 걱정이 많구나? 참을 수 없게 되면 너한테 의지할 테니까 안심해."

주변 사람들이 불안해하지 않도록 일부러 밝게 행동하면서 웃는 스즈카.

하지만 역시 슬슬 한계에 다다랐나 보다.

"으윽. 흑. 아하하하, 뭐야, 왜 눈물이 나지……?"

오열을 참으면서 울음을 터뜨리는 스즈카.

나는 평소의 나답지 않게 스즈카의 몸을 양팔로 감싸줬다.

스즈카가 그렇게 해줬을 때 나 자신이 기뻤으니까. 나도 스즈카를 아플 정도로 꽉 껴안았다.

흑심 따위는 전혀 없었다. 아니, 조금은 있었다.

"그야 뭐, 많은 일들이 있었으니까. 갑자기 복권에 당첨돼서 갑자기 결혼했고, 지금은 또 갑자기 동거를 하게 됐잖아. 그러면 누구나 혼란스러워서 울고 싶어질 거야."

나는 스즈카가 울음을 그칠 때까지 그 옆에 있어줬다.

스즈카는 나한테 다정하게 잘해준다. 나도 남편답게 스즈카를 다정하게 대한다.

나는 이런 관계를 포기할 마음이 없었다.

스즈카가 정말로 좋았다. 이렇게 우리가 한 쌍이 된 것도 사랑이 있기 때문이었다.

즐거운 일은 물론이고 괴로운 일이나 슬픈 일도 같이 극복해 나가면 좋겠다.

그런 생각을 하고 있었는데, 울음을 그친 스즈카가 이 애틋한 분위기를 신나게 박살 내 버렸다.

"저기, 그런데 나는 왜 중학교 수영복을 입고 너와 함께 욕조에 들어와 있는 걸까?"

응, 그건 나도 궁금해.

제7화 신혼다움, 우리다움

목욕을 끝낸 나와 스즈카는 침실로 이동했다.

아직 침대만 놓여 있는 살풍경한 방이었다.

앞으로 이곳을 조금씩 바꿔 나가는 것이 하나의 즐거움이기도 했다.

"와, 크다!"

좀 전의 나약한 태도는 슬그머니 모습을 감추더니 어딘가로 사라져 버린 것 같았다.

스즈카는 더블베드 한가운데에 벌렁 누웠다.

"혼자 점령하지 마. 둘이서 눕는 침대잖아?"

"나 참, 어쩔 수 없네. 자, 여기."

침대 한가운데에 누워 있던 스즈카는 살짝 움직였다.

그리고 아주 약간만 비어 있는 공간을 탁탁 하고 손으로 두드렸다.

자, 비켜 줬으니까 여기 앉든가? 하는 표정. 건방졌다.

그래서 나는 스즈카가 만들어 준 좁은 공간에 억지로 내 몸을 집어넣었다.

"얍."

"너무 가깝잖아."

"네가 거의 안 비켜 줬으니까."

"어휴, 알았어."

이번에는 제대로 침대의 절반을 나한테 내주었다.

어찌어찌 편안한 장소를 확보한 나는 침대 위에서 휴대폰을 만지작거렸다.

동영상 사이트에서 재미있어 보이는 영화를 발견하고 재생 버튼을 눌렀다.

옆에는 적당한 거리를 유지하고 있는 스즈카가 있었다.

폐가 될 것 같아서 소리 재생은 관두고, 이어폰을 귀에 꽂으려고 했다.

"나도 보고 싶으니까 스피커로 해도 돼. 아, 저기. 잠깐만."

스즈카는 침대에서 내려가더니 어디선가 태블릿 PC를 들고 왔다.

뒷면에 사과가 그려진 유명한 제품이었다.

"태블릿 PC는 도대체 언제 산 거야?"

"어제! 전용 펜을 사용하면, 그림을 그리는 액정 타블렛으로도 쓸 수 있대. 그래서 샀어."

"돈을 펑펑 쓰고 있구나."

"이것은 그림 그리기 외에도 쓸 수 있거든. 자, 이걸로 영화 보자, 응?"

스즈카가 구입한 태블릿 PC를 가지고 우리는 침대 위에 둘이 누워서 영화를 봤다.

영화가 시작된 지 수십 분쯤 지났을 때.

"이왕이면 손도 잡자."

"뭐? 왜?"

"우리가 사이좋다는 것을 느끼고 싶어서?"

내가 OK를 할 틈도 없이 스즈카가 나를 잡았다.

단단히 연결된 손과 손.

조금 따뜻하고 약간 답답하게 감싸지는 감각이 편안하게 느껴졌다.

밖에서 돌아다닐 때와는 다르게 끈적거리지 않는 것도 높이 평가할 만했다.

바로 얼마 전까지는 소꿉친구로 대했기 때문에, 평소와는 다른 이 커뮤니케이션은 기분을 고양시키고 가슴을 두근거리게 했다.

영화를 끝까지 보면 딱 좋은 시간이 된다.

나와 스즈카는 한 침대에서 하룻밤을 보내게 될 것이다.

영화가 점점 클라이맥스로 치닫는 가운데, 스즈카에 대한 내 가슴의 두근거림도 점점 심해졌다.

그것은 아마 스즈카도 마찬가지인 것 같았다.

긴장한 나머지 꼼지락꼼지락 몸을 움직이면서 안절부절 못하고 있었다.

내 손을 붙잡고 있는 손도 어느새 은근히 촉촉해졌다.

그리고 눈 깜짝할 사이에 영화가 끝났다.

아니, 마지막 장면의 내용이 머릿속에 전혀 들어오지 않았는데?

영화의 소리도 사라지자 침실은 조용해졌다.

그때 스즈카가 힐끔힐끔 나를 보면서 폭탄 발언을 했다.

"야, 야한 짓 할래? 그, 그것도 있다고 했잖아?"

엄청나게 귀여운 내 아내. 긴장해서 그런지 안절부절못하고 있었고, 뺨도 약간 붉었다.

욕실에서 새삼스럽게 스즈카의 몸매가 좋다는 것을 알게 되었다.

전체적으로는 날씬하지만 나올 곳은 나와 있어서 그야말로 남자의 마음을 자극한다.

육체적인 매력도 그렇지만 내면의 성격도 최고로 훌륭했다.

스즈카의 장점은 요즘 들어 끊임없이 재인식하고 있었다.

"하고 싶지 않다고 하면, 거짓말이겠지."

나는 솔직한 심정을 입에 담았다.

스즈카는 그렇겠지 하는 표정을 지으면서 옷을 벗으려고 했다. 그러나 금방 손을 멈췄다.

"역시 부끄럽네. 그리고 좀, 무서워."

"무서워?"

"응. 얼마 전까지는 평범한 소꿉친구였으니까. 게다가 애인도 아니었잖아. 그러니까 이게 너무 갑작스러워서, 겁이 나."

연인다운 경험은 하나도 없었다.

그런데 부부다운 행동을 하려고 한다.

그것은 계단을 한꺼번에 몇 개나 뛰어넘고 올라가는 거나 마찬가지였다.

물론 나는 매력적인 아내를 내 마음대로 하고 싶었다.

하지만 계단에서 발을 헛디뎌 넘어지기라도 하면 어떻게 될까?

다칠 것이다.

한 발, 한 발, 착실하게 디디면서 걸어가면 불안할 것은 없다.

아아, 그런 거구나.

스즈카에게 손대려고 하면 민망해서 어쩔 줄 모르게 되는 이유를 이제야 알 것 같았다.

"그렇구나……. 그래, 과정은 중요하지."

확실히 우리는 사이가 좋았다.

그래서 부부다운 행동도 할 수 있을 거라고 멋대로 착각했었다.

사람에 따라 다르겠지만, 실제로는 그렇지 않았던 것이다.

결과가 나오기 전에는 반드시 과정이 존재한다.

물론 결과는 중요하다고 하지만, 과정도 그만큼 중요하게 여겨지는 것이다.

"응? 무슨 소리야?"

"지금 우리는 분명히 '결혼을 했다'는 결과는 있는데, 그 결말에 다다르기까지의 사건은 하나도 없어."

"그럼, 왠지 무섭다는 건……."

어째서 나한테 스킨십을 당하는 것이 무서운지, 스즈카도 이해했다.

굳이 이야기할 필요도 없지만, 역시 중요한 일은 소리 내어 말해야 할 것이다.

"얼마 전까지는 애인도 아니었고, 좋아한다는 것도 모르고 있었잖아. 그렇다면 스킨십을 당하는 게 무서운 것도 당연하고, 스킨십을 하는 것도 무서운 게 당연해."

"하지만 우리는 부부잖아……."

"스즈카. 우리 부부란 개념에 얽매이지 말아볼래? 물론 우리는 이미 결혼했지만, 그래도 우리다운 것이 무엇인지 차근차근 잘 찾아보자. 틀림없이 그게 더 즐거울 거야. 내 생각은 그래."

좀 멋있는 척을 해봤다.

금방 멋진 척한 것을 은근히 후회하긴 했는데, 스즈카는 역시 최고의 아내였다.

"응. 우리다운 것이 무엇인지 차근차근 찾아볼까?!"

"좋아, 그럼 그다음은 쉽네. 데이트를 하고, 돌아갈 때 키스하고, 그대로 헤어졌다가 다음에 다시 만날 때까지 애타게 기다리는 것을 경험하고 싶다고 했잖아. 그거 지금도 그래?"

중학교 3학년 때. 스즈카가 나에게 가르쳐 준 내용을 지금도 기억하고 있었다.

과정은 소중히 여기면서 천천히 사랑을 키워나가서 행복해지고 싶다.

시험 성적으로 경쟁해서 내가 이겼을 때 그 상, 아니, 스즈카에 대한 벌칙으로 '이상적인 연애'에 관해 "아, 제발 그만 봐주라"란 말이 튀어나올 정도로 자세히 이야기하게 시켰던 것이다.

현재 상황은 스즈카의 이상과는 전혀 거리가 멀었다.

인생은 단 한 번. 그리고 나와 스즈카가 할 수 있는 연애는 '한 번'뿐이다.

두 번째 연애를 하게 된다는 것은 나와 스즈카가 결별했다는 뜻이 되는데, 그런 것은 내 알 바 아니다.

"소중히 여기면서 천천히 사랑을 키워나가고 싶다. 그 마음은 지금도 변함없는 것 같아."

"그럼 소중히 여기자. 스즈카, 너한테 손대는 것은 우선 연인다운 걸 한 다음에 할 거야. 그렇게 정했어."

겁먹은 것이 아니었다. 도망치려는 것이 아니었다.

일선을 넘기 전에, 연인다운 일을 경험하는 편이……

엄청나게 흥분될 게 뻔하고, 틀림없이 기분 좋을 게 확실하다.

나는 더 이상 스즈카 말고 다른 여자는 알 기회가 없는 것이다.

그러니 순정을 소중히 여기는 것이 뭐가 나쁘겠는가.

"이대로 무서워하면서 스킨십을 당하는 것보다는, 스스로 원해서 스킨십을 당하는 것이 훨씬 좋을 거야. 응, 맞아. 나도 대찬성이야."

"어, 뭔가 좀 그러네. 변태 같다."

"이렇게 한집에 있는데도 야한 짓은 하지 않는다, 뭔가 좀 더 많은 것들을 경험하고 나서 한다고 했잖아. 그럼 진짜 변태가 맞지.”

꿍꿍거리면서 고민하던 마음이 편안해졌다.

스즈카를 만지고 싶지만, 아직은 만지지 않는다.

혹시 만지더라도, 야한 의도를 가지고 만져서 스즈카한테 겁주는 짓은 하지 않는다.

그런 규칙을 정했을 뿐인데 왠지 모르게 마음이 편해졌다.

“야, 스즈카. 너 역시 오늘은 작정하고 있었던 거야?”

짚이는 것은 잔뜩 있었다.

이상하리만치 나한테 가까이 다가오더니 불필요할 정도로 나를 유혹하는 짓을 했었다.

마치 나를 만족시켜 주려고 하는 것처럼.

“응, 왜냐하면 너한테 이것저것 해주는 게 좋을까~? 하는 생각이 들어서.”

“그런 거 하지 마. 자연스럽게 네가 할 수 있게 되었을 때부터 마음껏 해줘.”

“할 수 있는데?”

“아냐, 아냐. 무리하지 말라니까.”

“아니, 그게 말이지. 나도 참 제멋대로인 인간이라서. 내가 먼저 하는 것은 생각보다 괜찮은 것 같거든.”

“하지만 내가 먼저 하는 것은 NG?”

말도 안 되는 악녀였다.

내 아내는 천사인 줄 알았는데 실은 악마였던 모양이다.

아니, 천사인 것은 변함없으니까, 타락 천사? 그렇게 불러야 하나?

"그러니까, 이얍!"

스즈카는 몸을 움직여서 나한테 가까이 다가왔다.

"에헤헤. 유우키, 네가 나를 야하게 건드리지 않는다고 생각하니까 안심이 돼서 가까이 가고 싶어졌어."

"……."

"어? 왜 조용해졌어?"

"아니, 음. 미안. 내가 못 참게 된다면, 정말 미안해."

"뭐야~ 방금 전에 안 만지겠다고 말했잖아. 하지만 뭐, 괜찮아. 좀 무서울 뿐이지, 나는 너를 분명히 좋아하니까."

"알았어. 자, 이제 슬슬 잘까?"

작은 무드 등 하나만 남기고 방의 불을 다 껐다.

초조해하지 말고 천천히 나아가자고 결정했기 때문일까. 스즈카는 그동안 통째로 건너뛰었던 과정을 나에게 요구하기 시작했다.

"저기, 있잖아. 분위기 좋을 때, 좋아하는 남자한테서 사귀어 달라는 말을 들어보고 싶어―."

솔직하기 짝이 없는 이 소꿉친구를 보고 나는 묘하게 안심하면서 한마디 해줬다.

"설레는 마음으로 기다리고 있어. 나와 너의 연애는 단 한 번뿐이니까. 네 소원은 전부 다 들어줄게."

"와―. 고마워."

나와 스즈카는 천천히 나아가기로 했다.

단지 결혼했다는 이유만으로 모든 것을 빛의 속도로 해치워버릴 필요는 없다.

나는 천천히 눈을 감고 잠을 자려고 했다.

하지만 스즈카는 나와는 달랐다.

"우혜혜. 몸이 참 좋으시구먼……."

내 몸을 마음껏 가지고 놀기 시작했다.

정말이지 웃기지도 않은 아내라니까.

내가 더 이상 참지 못하고 너를 건드려도 뭐라고 하지 마, 알았지?

제8화 단둘이 아침까지……

"안 자?"

"자."

"안 자네."

무드등만 켜놓은 어두운 방.

나와 스즈카는 더블베드에 누워 있었다.

둘이서 같이 잠자는 첫 번째 밤.

역시 좀처럼 잠을 이룰 수 없는지, 아까부터 스즈카는 계속 나한테 말을 걸고 있었다.

"유우키, 너하고 한 침대에서 자다니. 뭔가 신기한 기분이라고 해야 하나……. 위화감이 엄청나."

"위화감이 엄청나다고? 그럼 역시 따로 잘까?"

"아니. 같이 자는 게 좋아. 왜냐하면 네 몸이 여기 있으면 굉장히 안심이 되는걸. 그리고 이제 막 이사 온 집은 좀 무서워서……."

어리광 부리듯이 그런 말을 하더니 내 팔을 바디 필로우처럼 끌어안는 스즈카.

팔뚝에 닿는 가슴의 감촉.

이 자식, 내가 야한 짓을 하지 않는다는 사실을 아니까 아주 제멋대로 굴고 있구나…….

"아 참, 유우키. 너 아직도 잠버릇이 나빠?"

"잠버릇?"

"어릴 때 우리 둘이 낮잠을 잤을 때에는 네가 내 콧구멍을 손가락으로 찌르기도 하고, 뺨을 때리기도 했잖아."

하마터면 웃음을 터뜨릴 뻔했지만 꾹 참았다.

스즈카와 같이 낮잠을 자면 언제나 먼저 일어나는 사람은 나였다.

그래서 콧구멍을 손가락으로 찌르거나, 뺨을 쭉 잡아당기 거나 툭 치기도 하면서 장난을 쳤었다.

그러면 당연히 스즈카는 눈을 번쩍 떴고…….

나는 못된 장난을 들키지 않으려고 자는 척하면서 어물쩍 넘어갔었다.

그걸 지금까지도 들키지 않았다니. 깜짝 놀랐다.

"응? 왜 그래?"

"아, 아니, 왜? 나, 난 괜찮은데?"

"수상하네. 에이 뭐, 됐어."

"……."

"……."

다시 찾아온 정적. 아아, 이대로 푹 잠들어서 꿈나라로 떠나고 싶다…….

"킁킁."

코를 킁킁거리는 스즈카. 내 냄새를 맡고 계시나 보다.

그렇게 잠시 킁킁거린 다음에 신음 소리를 내면서 투덜거리기 시작했다.

"으음~~~~, 냄새가 나는 것 같기도 하고, 안 나는 것 같기도 하고……. 이게 남자 냄새? 그거 맞나? 아니, 이것은 그냥 유우키의 체취가 심한 건가……."

"야, 변태야. 일부러 나한테 다 들리도록 떠들어대는 게 재밌어?"

"재밌어!"

신이 난 스즈카 때문에 방이 밝아진 것 같았다.

그런데 아까부터 자꾸 귀찮게 구네. 스즈카는 진짜로 잠을 잘 마음은 있는 걸까?

"이제 그만 자자, 응?"

"응……. 잘 자."

1분 후.

"저기, 있잖아. 안 자?"

"또 그러네."

"아니, 그게. 너무 긴장돼서 잠이 안 와."

"나 참……. 그럼 네가 졸려서 쓰러질 때까지 놀아줄 테니까 아무 말이나 해봐."

같이 밤늦게까지 놀아주는 것도 조금은 괜찮을 것이다.

나는 스즈카를 위해 그 이야기를 들어주기로 했다.

아니, 그건 아닌가. 실은 나도 아까부터 긴장해서 잠이 오지 않았다.

괜히 자야지, 자야지 하고 염불을 외는 것보다는 수다나

떨면서 즐겁게 지내는 게 나을 것이다.

"와, 너그러우시네. 응, 그러면, 그럼 맨 처음에는…… 이 동거 생활을 어떻게 생각하고 있는지 말해봐. 응?"

얼굴을 이쪽으로 돌리고 자세히 내 얼굴을 들여다보면서 물어보는 스즈카.

이야기를 하고 싶다는 의욕이 넘치고 있었다. 이미 잠자는 것은 뒷전이었다.

"갑자기 둘이서 생활하려고 하니까 좀 힘들긴 해. 아, 싫다는 건 아니야. 마음이 아직 적응이 덜 됐다는 거지."

"아~ 맞아, 나도. 뭐라고 하면 좋을까. 싫지는 않은데 조금 불편하긴 해……. 지금도 잠을 자야 할 시간인데도 왠지 불편해서 이렇게 이야기를 하고 있잖아."

"뭐, 조만간 익숙해지겠지. 그런데 너만 일방적으로 질문하는 것은 좀 치사하지 않아? 그러니까 나도 질문을 하고 싶은데. 괜찮아?"

"내 쓰리 사이즈라도 물어보려는 거야? 아까 욕실에서도 열심히 보던데. 궁금했구나?"

날씬한 스즈카. 말랐는데도 저렇게 크다니, 진짜 반칙이라고 생각한다.

전교 1등이라고 할 정도는 아니어도 충분히 몸매가 좋았다. 그게 얼마나 굉장한지 궁금하긴 했다. 남자들끼리 쓸데없이 진지하게 예상을 해본 적도 있었다.

"……. 가르쳐 준다면, 듣고 싶어."

"네가 그렇게 말하니까 가르쳐 주기 싫은데. 자, 그럼 네 차례는 끝이야. 이제는 내 차례."

"야, 네 마음대로 끝내지 마. 어휴……. 그래, 이번에는 뭘 물어보고 싶은데?"

"유우키. 넌 부부가 돼서 어떤 기분이야?"

"……어려운 질문이네."

부부 생활을 시작하긴 했는데, 입시 공부 때문에 함께하는 시간을 제대로 낼 수 없었다.

이제부터가 진짜일 것이다. 하지만 이미 어느 정도 시간은 지났다.

그런데 '어떤 기분이냐'란 질문을 받으면 대답할 방법이 없었다. 그래, 전혀 모르겠다.

답을 내지 못하고 끙끙거리고 있는데, 스즈카가 눈치껏 질문을 변경해줬다.

"대답하기 어려운 것 같으니 질문을 바꿔볼까. 너는 나와 함께하는 장래를 상상할 수 있어?"

"아직은 어떻게 될지, 구체적인 미래는 상상하지 못하겠어. 아니, 물론 재미있을 것 같다는 이미지는 왠지 모르게 떠올릴 수 있지만."

"맞아, 그건 나도 알 것 같아."

"아무리 결혼할 수 있는 나이라고 해도 아직은 열여덟 살이니까……."

올해 4월에 생일을 맞이해 나와 스즈카는 이제 막 열여덟 살이 되었다.

"장래라니, 그런 거, 전혀 예상 못하는 것도 당연하겠지?"

"하지만 뭐, 어, 일단. 스즈카. 너를 행복하게 해주고 싶다고는 생각해."

잔뜩 멋 부린 듯한 대사를 뱉고 말았다.

아, 이거 놀림 당하겠다. 내가 허점을 보여줬구나. 그렇게 후회하고 있었는데…….

"치사해, 치사해, 치사해! 뭐야, 어떻게 그런 말을 아무렇지도 않게 할 수 있어……?"

돌연 베개에 얼굴을 파묻고 소리를 지르는 스즈카.

그러더니 고개를 번쩍 들고 실눈으로 나를 째려봤다.

"저, 저기, 너 괜찮아?"

"이런 분위기에서, 그렇게 멋진 대사를 읊다니. 그건 비겁하잖아! 나 참, 넌 진짜로 비겁한 사람이야! 그렇게 다정하게 굴면, 넌 아직 부부 생활에 의욕적으로 임할 생각이 없을지도 모르는데 나 혼자만 신나게 의욕을 불태우게 될 거 아냐?!"

"그, 그렇구나. 하지만 부부 생활에 의욕을 불태우는 것은 좋은 일이잖아……?"

"나 혼자만 점점 의욕적으로 변해서 이것저것 많이 요구하는 건 너무 부끄럽잖아……."

"아, 그건 그래. 서로 온도 차가 있으면 힘들지. 여러모로."

"실은…… 지금도 이것저것 어리광을 부리고 싶어서 엄청나게 안달이 나 있는데."

"어리광 부리고 싶어? 그 마음은 나도 잘 이해하니까. 사양할 필요 없어."

"응, 앞으로는 잔뜩 어리광을 부려볼 거야. 그 대신이라고 하긴 뭐한데, 유우키, 네가 원한다면……, 야, 야한 느낌도 어느 정도 섞여도 되니까, 너도 나한테 사양 말고 어리광을 부려도 돼. 알았지?"

"그럼 내일은 다정하게 잘 잤어? 하고 나를 깨워줘."

"알았어. 나만 믿어!"

같은 침대에 누워 있으면서도 적당한 거리를 유지하고 있는 겁쟁이 남자와 섬세한 여자는 그렇게 밤이 깊어질 때까지 계속 이야기꽃을 피웠다.

제9화 행복한 아침

햇살이 강해서 밖에 나가면 금방 땀이 나는 계절.

"음냐, 음냐. 더는 못 먹는다니까……."

옆에서 귀엽게 잠꼬대를 하면서 자고 있는 스즈카.

스즈카가 나를 다정하게 깨워주기로 약속했었는데, 아무래도 내가 먼저 일어났나 보다.

휴대폰으로 시간을 확인하자, 어제 밤늦게까지 깨어 있었던 것의 영향을 확인할 수 있었다.

벌써 오전 10시가 넘었다.

그리고 어머니가 우리를 걱정하시는 메시지와, 또 하나 다른 용건의 메시지가 와 있었다.

『이건 모의고사 결과야.』

저번에 봤던 대입 시험 모의고사의 결과가 부모님 댁으로 날아간 모양이다.

어머니는 사진을 찍어서 그 내용이 보이도록 나한테 보내주신 것 같았다.

합격률 30%.

"우, 우와…… 이건 심각하네."

웃음도 안 나왔다. 진짜로 웃을 수 없었다.

스즈카가 축구 말고 다른 꿈을 찾아보고 싶다면 우선 대학에 들어가라고 격려해 줬는데, 대체 이게 무슨 꼴이란 말인가.

시험 삼아 지망 대학의 수준을 스즈카의 학력에 맞춰 설정해봤는데, 역시 나와 스즈카는 상당히 차이가 나는 듯했다.

"으응. 아, 잘 잤어? 아침부터 표정이 안 좋네. 무슨 일 있어?"

"저번에 봤던 모의고사 말인데⋯⋯. 합격률이 30%야."

"아―, 큰일 났네. 지망 대학의 수준을 낮춰보면 어때?"

"아니, 낮추진 않을 거야. 난 너와 같은 대학에 가고 싶으니까."

"아침부터 기분 좋은 말을 해주는구나?"

"아니, 그런데 너는 어때?"

스즈카의 모의고사 결과도 아마 부모님 댁에 도착했을 것이다.

장모님께 전화해서 스즈카는 그 결과를 물어봤다.

"제1지망 대학의 합격률은 80%. 한 단계 더 높은 대학의 합격률도 60%. 그리고 엄마가 오늘도 우리를 보러 오신대."

"엄청 순조롭네? 너 부정행위 했지?"

"안 했어."

"아니, 하지만 복권에 당첨됐잖아? 부자가 됐는데? 대입에 실패해도 충분히 잘 먹고 잘 살 수 있을 텐데⋯⋯."

마음이 해이해지지 않을 리 없었다.

그렇다면 역시 스즈카는 커닝을……

"실례되는 생각을 하고 있는 표정이네."

"그럼 네가 어떻게 그렇게 성적이 좋아졌는지 가르쳐 줘."

"그, 그건, 음. 아하하하……"

스즈카는 적당히 웃어넘겼다.

나를 도발하는 건가? 하고 생각한 나는 스즈카의 이마에 가볍게 딱밤을 때렸다.

"아야……. 폭력은 안 돼!"

"우리 사이에 무슨 소리야. 이것은 의사소통의 일환이야. 성적이 좋아진 이유를 가르쳐 달라고, 응? 나도 참고할 테 니까."

"아, 아니, 그게. 나는 실수를 했잖아?"

"무슨 실수?"

"복권 당첨금을 혼자 받으러 가버렸잖아!"

"아―, 응, 그거구나."

학력이 향상된 원인을 대충 얼버무리면서 안 가르쳐주려 고 했던 이유를 왠지 알 것 같았다.

스즈카는 순수하고 올곧은 성격이니까. 그야 뭐, 실패하 면 반성하는 것도 당연한가……

"내가 멍청한 짓을 해서 남한테 폐를 끼치고 싶지 않으니 까 그런 거야. 게다가 이제는 나의 잘못이 너한테까지 영향 을 줄 수도 있으니까."

"그렇구나. 그럼 앞으로도 열심히 공부해."

어설프게 위로하는 것보다는 다소 냉정하게 비판해 주는 것이 더 마음 편할 때도 있다.

적당히 응원했더니 이번에는 스즈카가 나를 응원해 줬다.

"유우키, 너도 힘내. 성적이 어중간하잖아?"

"……뭐, 그렇지."

"기죽지 마! 아니, 이번에는 그냥 운이 나빴던 거야. 너도 이제 축구를 관둬서 공부 시간이 늘어날 테니까 얼마든지 성적을 올릴 수 있을 거야. 틀림없이."

퍽퍽 하고 내 등을 때리면서 위로해 주는 스즈카.

아까는 이마에 딱밤 좀 때렸다고 "폭력은 안 돼!"라고 말했던 주제에, 내 등은 제법 세게 때리는구나. 이 녀석은.

"너무 세게 때리네. 폭력은 안 되는 거잖아."

"이건 기운을 불어넣는 거지. 폭력이 아니거든?"

"나 참. 이 상황에서는 좀 더 다정하게 위로해 줬으면 좋겠는데……."

"어휴, 어쩔 수 없네. 아, 그래."

스즈카가 내 휴대폰으로 어떤 메시지와 사진을 보냈다.

『내 몸을 보고 기운 내, 응? 섹시하거든?』

메시지에 첨부된 사진을 보고 무심코 후훗 하고 코웃음을 쳤다.

"쳇, 놀리기나 하고……."

섹시하지 않은 모습으로 찍은 셀카 사진 몇 장.

아마도 만화에 나오는 인물의 포즈를 잘 그리기 위해 찍은 자료일 것이다.

"어때, 기운이 나?"

"좀 더 섹시한 것을 내놔 봐. 확 벗겨 버린다?"

"꺅~, 변태 남편이 나를 덮친다~~."

침대에서 뛰어내려 도망치는 스즈카.

아침부터 행복한 시간을 보낸 나는 다시 한번 모의고사 결과를 봤다.

"스즈카와 같은 대학에 가고 싶으니까, 정신 차리고 열심히 공부해야지."

♡ ♡ ♡

벌써 여름방학이다. 많은 사람들이 마음껏 노는 시즌이다.

그러나 우리는 수험생이기 때문에 그런 소리는 할 수 없었다.

어제, 또 이사 준비 기간에는 성대하게 농땡이를 쳤으니까. 오늘은 한층 더 기합을 넣기로 했다.

그런데 우선은 배부터 채우자! 하고 스즈카가 부엌에 서게 되었다.

"아침은 빵, 빵빠방~ ♪"

스즈카는 어느 빵 광고에 나오는 유명한 노래를 부르면서 아침밥을 준비하기 시작했다.

지금 만들고 있는 아침밥은 파스타였다.

이미 10시가 넘었기 때문에 아침 겸 점심인 든든한 메뉴였다.

"아침부터 기분이 좋아 보이네."

"응! 왜냐하면 아침부터 엄마와 아빠가 다녀오겠습니다~ 하고 뽀뽀하는 장면을 안 봤으니까. 너무 기운이 넘쳐!"

좀 적나라한 미타네 가족의 사정을 듣고 나는 쓴웃음을 지었다.

아무튼 나도 스즈카에게 다 맡겨놓지 말고 도와줘야겠다.

"내가 해줄 만한 일은 없어?"

"뭐? 도와주려고?"

"가부장적인 남편은 요즘 시대에는 안 맞잖아. 나도 집안일은 제대로 할 거야."

"'집안일은 여자가 하는 거다!'라고 주장하는 게 오히려 이상하지."

"응, 맞아. 전업주부 같으면 사정이 좀 달라질지도 모르지만, 지금 우리는 동등한 관계야. 그런데 아무것도 안 하는 것은 이상하잖아?"

"응, 그럼 잘 부탁할게."

"그런데 내가 집안일을 잘할 거라는 기대는 하지 말아줘, 알았지?"

"그건 알아. 설거지도 제대로 못하잖아? 하지만 내가 차근차근 하나씩 가르쳐 줄 테니까, 나만 믿어."

"나도 설거지 정도는 할 수 있거든?"

"그럼 이따가 식사가 끝나면 설거지는 너한테 맡길까?"

생글생글 웃고 있는 스즈카.

설거지조차 제대로 못한다면서 나를 무시하고 있는 것이다.

그러나 내가 아무리 집안일을 못해도 설거지쯤은 할 수 있다.

뭐, 어쨌든 그 후 우리는 점심까지 겸해서 늦은 아침을 먹었다.

"좋아. 그럼 해볼까?"

당장 나는 부엌에 서서 설거지를 하기 시작했다.

내가 기억하는 한 설거지를 해본 경험은 거의 없었지만, 그래도 아마 어떻게든 할 수 있을 것이다.

부엌 싱크대에 그릇을 놔두고 수세미를 손에 들어 세제를 묻혔다. 수세미로 그릇을 뽀득뽀득 닦은 다음에 물로 헹궜다.

의외로 간단하구나 하고 생각했는데…….

미끄덩하고 내 손안에서 미끄러져 나간 그릇이 허공을 날았다.

쨍그랑!

큰 소리를 내면서 깨져버린 그릇을 보더니, 그 후 히죽 웃는 얼굴로 나를 쳐다보는 스즈카.

"설거지 정도는 할 수 있다고?"

"건방진 소리를 해서 죄송합니다…….."

"그리고 말이지. 씻은 그릇은 이렇게 세워놓지 않으면 잘

마르지 않거든?"

식기 건조대에 올려둔 그릇의 위치를 스즈카가 바꿔줬다.

"그 외에 주의할 점은 있어?"

"따뜻한 물로 헹구면 기름기가 잘 지워져. 그리고 덜 더러운 그릇부터 차례대로 닦는 게 좋아."

"우와―, 생각보다 어렵네."

"아냐. 처음에는 누구나 몰라서 실패하는 거지. 익숙해지면 누구나 할 수 있어. 자~ 그럼, 깨진 그릇을 치우는 방법을 가르쳐 줄게. 잘 기억해야 한다?"

스즈카는 깨진 식기를 효율적으로 처리하는 방법을 가르쳐줬다.

믿음직한 뒷모습을 보여주시는 스즈카를 보고 나는 생각했다.

"나한테는 과분할 정도로 유능한 아내구나."

"아, 에헤헤? 정말?"

"스즈카, 너라면 나 말고도 얼마든지 멋진 파트너를 찾을 수 있었을 텐데."

우리는 격차가 너무 심하잖아. 그렇게 푸념을 했다.

깊이 생각해 보지도 않고 스즈카의 장래를 내 것으로 만들어버린 것에 대해 은근히 후회하고 있었다.

좀 더 잘 생각해 봤으면 좋았을 텐데.

스즈카는 나를 좋아한다고 말해 줬지만, 나 말고도 잘 어울리는 상대는 있을 것 같은 느낌이 들었다.

"그건 나도 마찬가지야. 유우키, 너도 진짜로 마음만 먹으면 나보다 더 나은 여자애를 잡을 수 있었을 거야. 이참에 가르쳐 주는 건데, 너는 얼마 전까지는 여자애들한테 엄청 인기 있었거든?"

"한 번도 고백을 받은 적도 없는데?"

태어나서 지금까지 고백조차 받아본 적이 없는 나.

얼마 전까지 여자애들한테 인기가 있었다는 이야기를 듣고 위화감을 느꼈다.

"축구부 에이스로 활약할 때에는 인기가 하늘을 찔렀어. 누가 뭐라 해도 스카우터한테도 좋은 말을 들을 정도로 유망주였잖아. 게다가 그 누구보다도 축구에는 진지하게 임하고 있었고. 하지만 평소에는 얼빠진 표정을 짓고 다니니까, 그 반전 매력에 넘어가 버린 여자들이 잔뜩 있었어."

"그럼 왜 나는 고백을 받은 적도 없고, 주위에 여자도 없었던 건데?"

"응? 아, 그야 당연히 네가 인기가 있으니까 왠지 짜증이 나서, 내가 '그 녀석은 피하는 게 좋을걸?' 하고 어린 시절의 부끄러운 일화를 열심히 이야기하고 다녔으니까 그렇지."

"야."

"에헷?"

혀를 쏙 내밀면서 "미안~" 하고 장난스럽게 말하는 스즈카.

"설마, 넌 여자친구는 안 사귀냐? 하고 자주 친구가 나한테 물어봤던 게……."

"응, 아마도 네가 인기 있어서 그랬던 게 아닐까?"

"진짜……? 아니, 그게 진짜야……?"

"뭐, 어차피 인기 있었던 건 과거의 일이고. 이제 축구부에서 탈퇴한 너는 전혀 인기가 없으니까 안심해도 돼."

"잘도 그런 짓을 했구나. 내 청춘을 더럽히다니……."

인기 절정기에 소꿉친구한테 방해를 받은 것이 분했다.

어라? 잠깐만.

"응? 왜 그래?"

"너 내 앞에서 푸념한 적이 있었지? '유우키와 사귀지 않는 게 이상해!'란 말을 주변 사람들한테서 자주 듣는다고."

"응."

"네가 내 평판을 떨어뜨리고 다니는 모습을 보고, '유우키는 아무한테도 넘겨주지 않는다!'라는 행동인가 보다~ 하고 주변 사람들이 오해한 거 아냐……?"

"앗……."

나한테 접근하려고 하는 여자들을 쫓아내는 듯한 행동을 했으니까. 스즈카는 나를 좋아하는구나! 하고 사람들이 오해하는 것은 당연했다.

"스스로 자신의 인기 절정기를 방해했다는 사실을 뒤늦게 눈치챈 기분은 어때?"

"크윽. 대체 왜 나는 이렇게 예쁜데도 인기가 없을까? 하는 생각을 쭉 했으니까, 당연히 분하지!"

"꼴좋다."

"끄으으으윽. 뭐, 그래도 괜찮아. 지금은 유우키가 있으니까."

스즈카는 내 목을 양팔로 감싸더니 마치 업히려는 것처럼 착 달라붙었다.

"저기, 있잖아. 우리의 격차가 심하다? 뭐 그런 식으로 신경 쓸 필요는 없어. 알았지?"

"알았어."

대충 대답했더니, 내 등에 달라붙은 스즈카는 더 세게 몸을 맞댔다.

"잠깐만, 태도가 왜 그래?! 이, 나쁜 녀석아~. 예쁜 아내의 멋진 육체를 맛보고 있으니, 좀 더 감사히 여기라고!"

분위기란 건 중요하거든?

오히려 이런 분위기 속에서 '내 등에 닿는 커다란 가슴의 감촉~' 같은 것을 맛보는 게 더 이상하지 않을까.

스즈카 Side

행복한 아침.

지저분해진 옷을 깨끗이 빨기 위해서 나는 편리하다고 소문이 난 건조기 겸 세탁기 쪽으로 향했다.

작업을 하고 있는데 불현듯 어젯밤 일이 생각났다.

부부가 됐지만, 그 전 단계의 추억은 하나도 없었다.

멋진 사랑을 천천히 키워나가고 싶다고 생각했던 나로서는 그게 좀 아쉬웠다.

그래도 어쩔 수 없다고 체념했었는데. 우리 남편은 그 점을 놓치지 않았다.

"과정을 확 생략해 버리지 않아도 된단 말이지~?"

정말로 기뻤다. 내가 바라던 일을 해주려고 하는 유우키.

그런 그의 조치와는 상관없이, 내 마음속에서는 욕망에 가까운 감정이 싹트고 있었다.

"억지로 당하는 것도 좋은데……. 무섭긴 하지만."

좋아하는 사람이 억지로 나를 가지려고 한다면, 그것은 또 그것대로 좋을지도 몰라.

그것은 그가 더 이상 참지 못할 정도로 내가 엄청나게 매력적이라는 증거가 될 테니까.

"으헤헤헤. 행복하다~."

이제는 모든 것이 다 행복했다. 나도 참, 너무 쉬운 여자가 아닐까?

유우키가 다소 차갑게 대하더라도 나는 기뻐할 것 같았다.

처음 사용하는 세탁기에 옷을 휙휙 집어넣은 뒤, 나는 먼저 거실에서 공부를 시작한 유우키 곁으로 돌아갔다.

앞으로 다양한 일들을 해나가고 싶었던 나는 유우키에게 무심코 말을 걸었다.

"저기, 있잖아. 다음에 데이트하자, 응?"

아무렇지도 않게 데이트 신청을 했다.

수험생이라는 자각이 부족한 기분도 들었지만, 욕망을 억제할 수 없었다.

괜히 욕구를 마음속에 쌓아두다가 한꺼번에 폭발시키는 것보다는 적당히 발산하는 게 좋을 테니까. 안 그래?

그러나 데이트 신청을 받은 우리 남편은 고민스러운 표정을 지었다.

그야 그렇겠지. 나와는 달리 성적이 별로 좋지 않으니까.

과연 놀아도 되는 걸까? 하는 초조함이 없을 리 없었다.

"아~, 미안. 역시 방금 그 말은 취소할게."

"놀 시간은 없다……고 생각했는데, 내가 성적을 올리면 괜찮겠지."

역시 근본적으로 성실한 사람이었다.

축구부에서는 그 누구보다도 진지하고 올곧게 활동했었다.

애인은 필요 없어? 하고 물어보면 "지금은 축구에 집중하고 싶어"라고 대답할 정도였다.

그렇기 때문에 연애가 그의 꿈을 방해하지 못하도록, 나는 유우키 주변에 여자가 접근하지 못하게 하려고 노력했었다. 쓸데없는 참견이었을지도 모르지만.

"응, 그럼 나도 열심히 할게!"

데이트할 시간을 내기 위해서 나와 유우키는 필사적으로 공부하기로 했다.

그런데 둘이 같이 있으면 번뇌가 들끓어서 너무 위험했다.

나는 이번에 새로 살게 된 집에 있는 내 방에서 공부를 하기로 했다.

그러나 또 다른 유혹에 넘어가고 말았다.

나도 모르게 사과 로고로 유명한 태블릿 PC와, 그림을 그릴 수 있는 편리한 펜 쪽으로 손이 가는 것이었다.

내 꿈은 만화가.

지금까지는 펜 타블렛이라고 불리는 도구, 즉 화면 없이 그림만 그릴 수 있는 도구를 컴퓨터에 연결해 찔끔찔끔 만화를 그렸었다.

그런데 복권 당첨금 덕분에 나의 작업 환경은 비약적으로 발전했다.

새로운 기기를 이용해서 뭐든지 좋으니까 그림을 그리고 싶어서 좀이 쑤셨다.

"어라? 뭐야, 유우키와 같이 있지 않아도 집중할 수가 없잖아?"

입시 공부에 집중하려고 일부러 내 방으로 돌아왔는데.

사람이 평생 일해서 벌 수 있는 평균적인 돈보다 더 많은 돈을 손에 넣은 나.

그렇다. 열여덟 살인데도 벌써 평균 이상의 삶이 보증된 것이다.

직업을 구하는 데 도움이 되는 학력을 반드시 쌓아야 하는 것은 아니지만…….

"그래도 대학교는 재미있을 것 같아서 가고 싶어. 그러니까 열심히 공부하자!"

꿈을 이루려면 많은 것들이 필요해진다.

대학 생활은 틀림없이 나에게 좋은 영향을 주고, 좀 더 꿈에 가까이 다가가게 도와줄 것이다.

지금 여기서는 만화를 그리고 싶은 마음을 꾹 참고 공부를 해야 한다.

그래서 나는 샤프를 쥐었다.

유우키와 함께하는 즐거운 나날.

꼭 연애가 인생의 전부인 것은 아니다.

행복한 부부 생활뿐만 아니라 다른 것도 잔뜩 손에 넣을 것이다. 반드시!

♡ ♡ ♡

축구를 그만두고 나서 놀랄 만큼 컨디션이 좋아졌다.

스즈카의 조언도 있어서, 나는 앞으로 인생에서 새로운 즐거움을 찾아내기 위해 일단 가능한 한 커트라인이 높은 대학에 들어가기로 마음먹었다.

내친김에 스즈카와 같은 대학을 목표로 공부하기 시작했는데, 사실 스즈카는 우수한 학생이었다.

증여세라는 단어는 몰랐지만 성적 자체는 굉장히 좋았고 머리 회전도 빨랐다.

천지 차이라고 할 정도는 아니어도 나하고는 학력 차이가 꽤 심하게 났다.

집중할 수 없다고 하면서 다른 방으로 가버린 스즈카.

그런 스즈카와 함께하는 즐거운 대학 생활을 떠올리면서 나는 샤프를 쥐었다.

죽어라 축구만 했으니까. 나는 틀림없이 죽어라 공부만 할 수도 있을 것이다.

그리고 2주일 후.

돈도 많이 있어서 입시 학원에도 다니기 시작했다. 공부에도 집중할 수 있게 되었다.

자신의 학력이 눈에 띄게 향상되고 있다는 것을 강하게 실감하게 되었을 때.

위기감도 적당히 줄어들고 여유도 좀 생겼다.

그런 기분이 들었다. 응, 그냥 기분 탓일지도 모르지만.

한편 나와 스즈카의 근황은 어떤가 하면…….

스즈카는 내가 공부를 열심히 할 수 있도록 적절한 거리를 유지해 주고 있었다.

솔직히 말하자면 나는 이미 스즈카에게 푹 빠져 버렸다.

그렇게 다정하게 대해주면 당연히 좋아하게 되고, 원래 좋아했다면 더 좋아하게 되는 것이다.

모성의 화신 같은 내 아내는 결국 뭐든지 용서해 줄 것 같았다.

대학에 다니기 위해 노력하겠다고 말했으면서, 실은 공부는 제쳐두고 스즈카에게 어리광 부리고 싶어서 참을 수 없었다.

그런데 스즈카는 이런 내 속마음을 다 꿰뚫어 보고 있는지, 아침 점심 저녁 세 끼를 먹을 때와 잠자기 전의 몇 시간 동안만 나와 함께 있어주게 되었다.

쓸쓸하지만 어쩔 수 없었다. 이것은 공부 열심히 해! 라는 스즈카의 응원이니까.

그래서 나는 열심히 할 수 있었지만, 그래도 슬슬 인내심의 한계에 도달했다.

모처럼 결혼한 내 아내와 재미있게 놀고 싶은 마음이 커져서 또다시 공부에 집중을 못 하게 되었다. 본디 강약 조절이란 것은 중요하니까. 잠깐 한숨 돌려도 괜찮지 않을까?

"데이트 신청을 해볼까. 어머니도 상당히 걱정하시는 것 같으니까."

나와 스즈카가 약간 거리감을 유지하면서 살고 있어서 그런가, 이따금 상황을 보러 오시는 어머니는 우리의 관계를 의심하셨다.

그리고 "같이 놀러 가보지 그러니?" 하고 수족관 티켓을 주셨다.

이런데도 어머니가 걱정을 안 하고 계신다면 오히려 놀라울 것이다.

마침 데이트 신청을 하기에 딱 좋은 구실도 있었다.

오늘은 내 방에서 공부할게! 하고 다른 방에 가서 열심히 공부하고 있는 스즈카에게 전화를 걸었다.

『응~ 왜?』

"지금 통화할 수 있어?"

『응. 괜찮은데, 공부하고 싶으니까 이야기는 짧게 하자.』

"아~ 미안. 그럼 나중에 할게."

『알았어. 그럼 이따 봐!』

휴…….

살짝 한숨을 쉬고 나서 나는 머리를 싸쥐었다.

"아니, 잠깐만. 곰곰이 생각해 보니까 나는 스즈카한테 데이트 신청을 해본 적이 없잖아?"

전화기 너머의 상대에게 "다음에 수족관에 같이 가자"라고 가볍게 이야기할 생각이었다. 그런데 데이트 신청을 해본 경험은 없었다.

그래서 완전히 겁먹어 버렸다. 기막힐 정도로 패기가 없는 놈이었다.

나는 공부하겠다고 정해놓은 시간이 다 끝날 때까지 영단어나 열심히 암기해야겠다고 생각했다. 그래서 단어장을 집어 들었다.

그렇게 막 집중하려고 했는데, 같은 반 친구인 다나카한테서 전화가 왔다.

『야, 너 시간 있냐?』

"시간 없어. 다나카, 넌 전문대에 들어가기로 해서 그런지 참 태평해 보이네. 부럽다."

『응, 그건 그래! 이미 결정된 거나 마찬가지니까. 미친 듯이 공부할 필요가 없지.』

내가 얄밉게 말해 봤더니 다나카도 얄밉게 대꾸했다.

친구끼리 나누는 평범하고 무의미한 잡담은 계속 이어졌다.

"그래서, 용건은?"

『실은 말이지. 어~ 그러니까.』

"빨리 말해."

『나, 여자친구 생겼어.』

"……자랑하는 거냐?"

『아니거든? 여자친구가 생겼다는 것은 서론이야.』

"그럼 본론은 뭔데?"

『여자애가 좋아할 생일 선물이 뭐가 있을까?』

생일 선물을 주고 싶은데, 뭐가 좋은지 모르겠어서 나와 상담하고 싶은 건가.

잠시 휴식이나 할 겸 나는 진지하게 다나카의 상담 요청에 응해 주기로 했다.

"사귄 지 얼마나 됐어?"

『3주, 아니, 2주가 조금 넘었어.』

"그래서 지금은 어떤 상태인데?"

『최근에 첫 데이트를 했지. 아—, 진짜 최고였어. 약속 장소에 도착했더니 걔가 생긋 웃으면서 이쪽을 보고 손을 흔들어 주는데, 정말로…… 장난 아니었다고.』

역시 여자친구가 생겼다고 자랑하고 싶은 게 아닐까?

결국 생일 선물이란 주제와는 별로 상관없는 이야기만 계속하다가…….

『어, 그래서 손수건을 선물로 주려고 해.』

자기 혼자 알아서 결론을 내렸다.

"아, 네. 그러세요."

건성으로 대꾸했다. 이렇게 애인 자랑만 하는 이야기는 빨리 끝내고 싶었으니까.

다나카는 귀찮긴 해도 나쁜 녀석은 아니다. 그런데 오늘은 평소보다 더 귀찮게 굴었다.

『연애는 참 좋아. 너도 미타랑 사이좋게 지내라, 알았지?』

갑자기 튀어나온 '미타'. 그 정체는 물론 스즈카였다.

스즈카와 나는 쓸데없는 문제가 생기는 것을 막으려고, 학교에서는 결혼했다는 사실을 숨기고 있었다.

아, 당연히 학생들한테는 비밀이지만 학교 측에는 정식으로 보고를 했다.

"여기서 왜 스즈카의 이름이 나와?"

『응? 아니, 그야 뭐. 여름방학이 되기 얼마 전부터 너희 두 사람의 분위기가 노골적으로 변했잖아?』

"……그, 그랬나?"

『응, 그래서 사귀는 거야?』

"어, 그게. 대충 그런 것…… 같아."

한 가족이 되었다고 이야기하면 골치 아파질 테지만, 그냥 사귄다고 인식되는 것쯤은 틀림없이 괜찮을 것이다.

그래서 스즈카와 좋은 관계란 것을 인정했다.

『빨리 연인이 되면 좋을 텐데. 소꿉친구라서 좀 그래~ 하고 고집스럽게 연인이 되려고 하지 않았던 너희들이 마침내 사귀기 시작한 거구나……. 그래, 이 아버지는 너희 둘이 맺어져서 기쁘다.』

잘생긴 다나카의 짜증나는 얼굴이 머릿속에 떠올랐다.

아니, 네 마음대로 부모인 척하지 말라고.

"야, 나는 네 아들이 아니거든?"

『아하하하. 미안, 미안. 그래서 너희들의 진도는 어때?』

"우리……?"

『이미 키스는 했어?』

"안 했어."

『그럼 데이트는 했어?』

"……그것도 아직 안 했어."

『아니, 그래도 손은 잡았지?』

"그건 했어."

『……뭔가 좀, 그러네. 너희들, 어린애 같은 연애를 하고 있구나?』

"야, 너 설마 그거냐? '여자친구와 함께하는 행복도'를 따진다면 내가 너보다 더 낫다! 하고 과시하는 거야?"

『아니, 그건 실제로도 그렇잖아?』

우리가 더 사이좋게 즐거운 시간을 보내고 있다.

다나카는 나한테 그런 식으로 우월감을 표시했다.

흥, 우리는 연인이 아니라 이미 부부가 됐거든? 하고 되받아치고 싶었지만…….

"그러게……. 응, 그럴지도 몰라."

최근에 시작된 새로운 생활에는 만족하고 있었다.

하지만 다나카 덕분에 깨닫고 말았다.

『뭐, 결국 지금부터가 중요한 거지. 참고로 첫 키스를 할 때에는…….』

또다시 시작되는 다나카의 애인 자랑.

그 이야기를 대충 흘려들으면서 나는 방금 깨달은 사실에 대해 생각했다.

우리에게 결혼이라는 것은──.

도착점이 아니라 출발점이다.

그렇다. 나와 스즈카는 지금도 더 높은 곳을 목표로 할 수 있다.

아직 만족하기에는 일렀다.

나는 주먹을 불끈 쥐고 결심했다.

앞으로는 전보다 더 스즈카와 친해질 것이다.

그리고 훨씬 더 사이좋게 알콩달콩 지내고 싶다!

『마치 장난치는 것처럼 자기 가슴을 살짝 만지게 해준다니까? 진짜로 여자친구는 최고라고. 안 그래?』

부부인 나와 스즈카보다, 다나카가 여자친구와 훨씬 더 화려하게 잘 놀고 있었다.

나도 남자다. 남이 그런 이야기를 자랑스럽게 늘어놓는 것을 들으면……

당연히 가슴에 불이 붙을 수밖에 없잖아?

♡ ♡ ♡

"휴―, 피곤하다. 유우키, 나 왔어."

내가 거실에서 쉬고 있는데, 집중하고 싶다면서 자기 방에 틀어박혀 있던 스즈카가 나타났다.

그런데 테이블에 놔뒀던 유명한 애플파이 가게의 봉투를 발견하자마자 스즈카의 표정이 확 달라졌다.

"뭐야, 맛있다고 소문난 역 앞에 있는 가게의 애플파이잖아! 갑자기 이건 왜 샀어?"

"그냥 사보고 싶어서. 잠깐 쉴 겸 사러 갔다 왔어."

"어~ 뭔가 수상한데. 아무튼, 그래. 홍차나 가져와야지."

스즈카는 기분 좋게 부엌으로 달려갔다.

줄을 서지 않으면 살 수 없는 애플파이.

당연히 일부러 하던 공부까지 멈추고 사러 갔다온 이유가 있었다.

"내가 마실 홍차도 부탁해. 아, 아니다. 내가 대신 네 홍차까지 준비해 줄게."

"뭐? 너무 친절해서 무서운데, 무슨 일이야……?"

"아무 일도 없는데."

"아무런 예고도 없이 맛있는 애플파이를 사 가지고 오는 시점에서 이미 엄청나게 수상하거든?"

"이게 호감도를 올리기 위한 작전이라면?"

"그렇다면 제법인데? 좋아, 나도 친절하게 대해 줘야지. 네가 마실 홍차도 준비해 줄게."

뜬금없이 애플파이를 사 온 이유는, 뭐, 그렇다. 다나카 때문이었다.

그 녀석 때문에 우리는 아직 멀었다는 사실을 깨달았다.

좀 더 친해지기 위해서, 오로지 스즈카를 기쁘게 해주고 싶은 마음 하나만으로 애플파이를 사러 갔던 것이다.

그리고 전화기를 통해서는 좀처럼 꺼내지 못했던 말을 꺼 냈다.

"우리 다음에 데이트하러 가자. 아니, 나와 데이트해 주지 않을래?"

"실은 나도 하고 싶지만……. 아직은 안 돼."

"아, 안 돼? 저기, 우리 어머니가 말이지. 우리가 공부에 집중하느라 사이가 좀 멀어진 것처럼 느끼셨나 봐. 그래서 걱정을 하시더라고."

"그렇구나. 그럼 어머님께는 나도 걱정하지 마시라고 말 씀드릴게."

"아니, 그게 아니라. 어머니를 안심시키기 위해서라도 여기선 순순히 데이트를……."

굴하지 않고 끈질기게 물고 늘어졌지만, 스즈카는 타협해 줄 기미가 보이지 않았다.

처음에는 네가 먼저 "데이트하지 않을래?" 하고 제안했으면서. 너무하잖아.

"성적은 어때. 눈에 띄게 좋아졌어?"

"아직은 잘 모르겠지만, 학업 컨디션은 좋아진 느낌이 드는데?"

"방심은 금물이야. 물론 네 컨디션은 좋아진 것처럼 보이지만, 그래서 진짜로 성적이 좋아졌는지 어떤지는 모의고사라도 보지 않는 한 모르잖아."

"그, 그건 그렇지만……. 데이트하고 싶은데요."

"지금은 참아야 할 때야. 알지?"

"……네."

"그런데 유우키. 오늘은 왜 그렇게 열심이야?"

스즈카는 내 상태가 평소와는 좀 다르다는 것을 눈치채고 의아하다는 듯이 물어봤다.

"그, 그런 적, 없는데?"

"이유를 가르쳐 주면, 내가 데이트하고 싶어질지도 모르잖아. 응?"

"저기, 실은……."

애플파이를 사 온 경위와, 데이트하고 싶다고 끈질기게

말했던 이유는 다나카 때문이었다고 솔직하게 이야기했다.

모든 것을 알게 된 스즈카는 웃으면서 나를 쿡쿡 찔렀다.

"어휴, 너도 남자구나~. 후후, 이 녀석~."

그리고 나는 질리지도 않고 한 번 더 도전해봤다.

"솔직하게 대답했잖아. 그러니까 데이트는……."

"역시 안 되겠는데."

"그럼, 외출."

"단어만 바꿔 봤자, 안 되는 것은 안 돼."

"산책은……."

"후후. 안―돼! 어휴, 진짜. 유우키. 너 나를 너무 좋아하는 거 아냐?"

끈질긴 나를 보고 웃는 스즈카.

아니, 어쩔 수 없잖아? 좋아하니까.

제10화 제로에서 시작한 신혼 생활

결혼은 도착점이 아니라 출발점에 불과하다.

아직 만족하기에는 이르다는 사실을 깨달았다.

나는 다시 한번 자신과 스즈카를 비교해봤다.

스즈카는 엉뚱한 실수를 하기는 해도 성적은 우수했다. 그림도 제법 잘 그린다는 특기도 있었다. 더구나 집안일도 잘했다.

한편 나는 어떤가 하면……

성적은 중간 정도. 특기인 축구는 그만둬버렸다. 집안일도 설거지하다가 그릇을 깨뜨리는 수준이었다. 참고로 어제도 깨뜨렸다.

물론 스즈카는 우리의 격차 따위는 신경 쓰지 않을 테지만. 일종의 스펙이라고나 할까, 매력적인 부분은 몇 개 있어도 손해를 보진 않을 것이다.

좋아. 공부 이외에도 뭔가 열심히 해볼까…….

그런 식으로 생각을 하고 있는데, 스즈카가 나한테 찾아와서 부탁을 했다.

"유우키! 복근 보여줘."

"왜?"

"만화에 나오는 사람을 그릴 때 참고 자료로 쓰려고."

요즘 시대에는 복근 자료 따위는 인터넷상에 얼마든지 널려 있다.

굳이 나한테 부탁하는 것을 보면, 스즈카의 성벽을 알 만했다.

반짝반짝 빛나는 눈으로 복근을 보고 싶어 하는 이 여자는 순수한 '복근' 마니아인 것이었다.

특히 마른 근육질 몸매를 무척 좋아해서, 내 복근이 자기 이상에 가깝다고 했다.

그래, 알았다. 앞으로 발전시켜야 할 부분을 하나 발견했다.

"어휴, 하는 수 없지."

"응, 멋진 만화를 그리기 위해 협조해 줘서 고마워."

"자, 마음껏 보고 가."

상의를 들어 올렸다.

그런데 스즈카의 표정은 생각보다 밝지 않았다.

"전보다는 근육이 줄었네……."

"응, 미안. 요새는 완전히 운동 부족인 것 같거든."

"아니야. 아직은 근육이 잘 붙은 편이라 진짜 괜찮은데~. 좋아, 찍는다."

휴대폰 카메라로 사진까지 찍으셨다.

시간으로 따지면 1~2분쯤 지났을까. 스즈카는 만족스러운 얼굴로 떠나갔다.

이로써 스즈카에게 복근 자료를 제공한 것은 열 번쯤 될 것이다.

혼자 남은 나는 또다시 옷을 벗고 거울 앞에 서봤다.

"발전시켜야 할 부분, 아니, 유지해야 할 부분이 바로 코앞에 있었구나."

내 아내가 좋아하는 마른 근육질 상태를 유지한다.

스즈카가 한층 더 나를 좋아할 수 있도록 자기 자신을 발전시키겠다는 목표에 딱 어울리는 과제였다.

그래, 쇠뿔도 단김에 빼야지.

스즈카도 만화를 그리면서 쉬고 있는 것만 봐도 알 수 있듯이, 지금은 공부도 다 끝난 여가 시간이었다.

일단 밤이지만 심야는 아니었다.

좀 늦은 시간이지만 달리기 연습을 하러 밖에 나가볼까.

잽싸게 운동복으로 갈아입었다.

스즈카한테는 편의점에 다녀온다고 말하고 밖으로 나갔다.

어째서 달리기를 하러 밖에 나간다고 솔직하게 말하지 않았는가 하면…….

"깜짝 놀라게 해줘야지."

근육에 대해서는 엄격한 변태 스즈카.

조금 줄어든 나의 복근을 보고 아쉬워하고 있었다.

그래서 내가 다시 단련한다는 사실을 숨겼다가 나중에 깜짝 놀라게 해주려는 것이다.

스즈카가 나를 좋아하도록, 계속 좋아해줄 수 있도록. 좀 더 친해지기 위해서.

그러기 위한 노력은 아끼지 않을 것이다.

그리고 또⋯⋯. 기본적으로 건강도 중요하니까⋯⋯.

어젯밤 체중계에 올라가 봤더니 4킬로그램이나 늘어나 있었다.

운동을 안 하게 된 것도 그렇지만, 스즈카가 만들어 주는 음식이 맛있다는 것이 문제였다.

메인 반찬도 더 먹을 수 있도록 미리 넉넉하게 만들어 둔다는 점이 특히 비겁했다.

신발 끈이 풀어지지 않도록 꽉 묶었다.

그리고 나는 달리기 연습을 하기 시작했다.

♡ ♡ ♡

"휴~~~. 좋아, 오늘은 여기까지 하자."

달리기 연습을 마치고 방에서 근력 운동을 끝냈다.

마른 근육질 몸매를 유지하기 위해 운동을 시작해 보니 좋은 점이 한두 개가 아니었다.

건강에도 좋은 데다가 기분 전환도 되어서 공부에 집중할 수 있게 되었다.

게다가 운동으로 칼로리를 많이 소비하기 때문인지, 안 그래도 맛있던 스즈카의 음식이 이제는 더 맛있게 느껴졌다.

아직 시작한 지 3일밖에 안 됐는데 벌써 효과가 나타나고 있었다.

이런 식으로 운동은 계속한다 치고, 그 외에도 뭔가 내 매력을 향상시킬 수 있는 방법은 없을까?

'여자가 보기에 매력적인 남자'라고 아주 진지하게 검색해 봤다. 그 결과 '여자는 깜짝 이벤트에 약하다?!'라는 기사를 발견했다.

내용은 대강 요약하자면 '평소에 깜짝 이벤트 같은 것은 안 하는 녀석이라고 인식된 사람일수록, 꼭 좋아하는 사람한테는 깜짝 이벤트를 해줘라!'라는 것이었다.

나와 스즈카는 같이 살기 시작했는데도 죽어라 공부만 하고 있었다.

부부는커녕 연인들끼리 할 만한 일조차도 거의 하지 못했다.

그래, 이 기회에 뭔가 구실을 찾아서 깜짝 이벤트라도 해보자.

"그렇게 생각하긴 했는데……."

스즈카가 좋아할 만한 이벤트가 뭔지 떠오르지 않았다.

그래서 고민하고 있었는데, 스즈카의 어머니이자 이제는 나의 장모님이기도 한 분한테서 전화가 왔다.

일부러 나한테 전화를 걸다니. 대체 무슨 일일까?

『여보세요? 유우키. 지금 시간은 좀 있니?』

"아, 네. 있는데요……."

『그래? 그럼 다행이다. 요새 스즈카와 같이 잘 살고 있는지 궁금해서 전화했어. 저기, 알다시피 그 애는 언제나 거침없이 행동하는 편이잖니? 그런 부분이 걱정돼서……. 유우키, 너는 착하잖아. 아마 불만이 있어도 그냥 참을 것 같은데. 안 그래?』

"아뇨, 딱히 불만은 없어요. 오히려 즐겁게 잘 지내고 있는데요. 다만 신혼부부가 같이 살기 시작했는데도 지금은 수험생이라서 늘 공부만 하고 있어요……."

『아유, 그럼 재미없지. 모처럼 신혼 생활을 하게 되었는데! 내가 우리 남편이랑 결혼한 직후에는 말이지…….』

앗, 뭔가 시작됐다.

장모님은 자신의 신혼 생활을 나에게 적나라하게 이야기해줬다.

몹시 일방적이었지만, 이러니저러니 해도 충분히 부러워할 만한 나날의 이야기를 끝없이 듣게 되었다.

10분 후.

『그래서 말이지…… 신혼일 때에는 이미 서로를 의식하고 있어서……. 어머나, 미안해. 나도 모르게 그 시절을 떠올리는 게 재미있어서 실컷 이야기를 해버렸네.』

"아, 아녜요. 아무튼 저희는 쭉 공부만 해서 재미가 없거든요. 그래서 뭔가 스즈카를 기쁘게 해줄 만한 일을 해봐야지! 하고 생각하고 있었는데요. 혹시 스즈카가 기뻐할 만한 일이 뭔지 아세요?"

『물론이지, 몇 년이나 그 애의 부모 노릇을 했는데. 그 애가 기뻐하는 것이 무엇인지, 그 정도는 얼마든지 말할 수 있어.』

"네, 그럼 말씀해 주세요."

『아마 제일 기뻐할 건, 네가 데이트 신청을 하는 거야!』

"아―, 그건 이미 거절당했으니까 빼주세요."

『어머나……. 그런데 걔가 왜 거절했니?』

"제 성적이 나빠서요. 성적이 오를 때까지는 참으라는 말을 들었어요."

『그럼 너희가 데이트를 하기 위해서는, 모의고사에서 좋은 성적을 내서 스즈카에게 보여주는 수밖에 없겠구나…….』

"그렇죠……. 열심히 할게요."

데이트를 거절당한 것은 아직 결과가 나오지 않았기 때문이다.

즉, 내가 제대로 모의고사에서 좋은 결과를 내놓는다면 스즈카도 불만은 없을 것이다.

『유우키, 지금이야말로 힘껏 버텨야 할 시기야. 네가 데이트를 하기 위해 열심히 공부했다는 사실을 보여준다면, 그 애는 무척 기뻐할 거야.』

"그건 그래요. 저, 그 외에도 뭔가 기뻐할 만한 게……."

『있지. 선물이야. 유우키, 네가 뭔가 선물해 준다면 정말로 기뻐할 거야. 데이트를 마치고 돌아올 때 준다든가, 뭐 그런 정석적인 상황을 특히 좋아할걸? 스즈카는.』

선물…….

듣고 보니 선물다운 선물을 스즈카에게 준 적이 없었다.

기껏해야 집에 돌아가다가 군것질을 할 때 아이스크림 같은 것을 사줬을 뿐이다.

그런데 그 녀석이 갖고 싶어 하는 물건이 뭘까? 돈은 가지고 있고, 이제는 적당히 사치스러운 쇼핑을 하고 있으니, 원하는 물건은…… 이미 샀을 것이다.

"뭘 가지고 싶어 할 거라고 생각하세요?"

『난 알지만 가르쳐 주지는 않을 거야. 스스로 생각해서 스즈카에게 선물해 주렴. 아마도 그렇게 해야 스즈카는 더 기뻐할 테니까.』

"너무 심술궂으신 거 아녜요……?"

『우후후. 그야 뭐, 시어머니와 장모님은 원래 심술을 부리게 되어 있으니까. 안 그래?』

장모님은 장난스럽게 말했다.

진짜 심술쟁이라면 이렇게 나와 스즈카의 관계가 괜찮은지 걱정해서 전화를 하지도 않을 텐데.

최근에는 소원해졌지만, 옛날에는 이분한테 자주 신세를 졌던 것이 생각났다.

조금 그리움을 느끼면서 나는 인사를 했다.

"그럼 스스로 생각해 볼게요. 저, 여러모로 감사합니다."

『에이, 인사는 필요 없어. 너는 우리 사위이기도 하니까. 이 정도는 얼마든지 해줄 수 있지. 아, 미안. 사랑하는 남편이 나를 부르네? 이제 끊을게.』

뚝 하고 전화가 끊겼다.

장모님의 마지막 말을 듣고 나는 무심코 후훗 하고 웃었다.

"정말 굉장하시다."

예나 지금이나 사이가 좋았다.

통화 상대에게 신나게 남편 이야기를 할 정도로 행복하고 원만한 부부 관계를 만들어온 것이다.

나도 스즈카와 오래오래 그런 식으로 지내고 싶었다.

좋아, 그러기 위해서라도…….

"유우키~. 욕실 비었어—."

스즈카는 지금 욕실이 비었다는 사실을 나한테 다 들리게 가르쳐 줬다.

평소 같으면 즉시 목욕하러 들어갔을 테지만…….

"미안. 이따가 들어갈게."

이번 모의고사에서는 좋은 성적을 내기 위해 좀 더 노력해야겠다.

스즈카에게 데이트 신청을 해도 거절당하지 않도록, 이번 모의고사에서 좋은 성적을 낸다.

나는 참고서를 꺼내서 다시 공부하기 시작했다.

스즈카 Side

유우키가 수상하다.

밤이 되면 반드시 편의점에 간다.

별로 이상하진 않잖아? 하고 생각할 테지만, 내가 이상하다고 생각한 근거는 있다.

집에서 편의점까지는 5분도 안 걸린다.

왕복이면 10분. 편의점 안에서 쇼핑하는 시간을 10분이라고 가정해도, 다 합쳐서 20분.

그런데도 유우키는 편의점에 가면 한 시간이나 돌아오지 않는 것이다.

"있잖아, 유우키. 편의점에 갈 거면 나도 같이 가도 돼?"

"어—, 아니, 나 혼자 다녀오고 싶은 기분이야."

"그, 그래?"

으—음, 수상하다…….

편의점에 가는 것도 그렇지만, 그 외에도 최근 들어 유우키한테는 여러 가지 의심스러운 점이 있었다.

자꾸 나를 힐끔힐끔 본단 말이지…….

그런데도 "아까부터 자꾸 나를 훔쳐보던데, 왜 그래?"라고 물어보면 유우키는 "응? 아닌데?"이라고 대답했다.

특히 내가 잡지를 읽고 있을 때 심하게 훔쳐보는데…….

내가 그쪽을 돌아보면, 슬며시 눈을 피하면서 아무것도 안 본 척 연기를 하는 것이다.

그 외에도 유우키의 수상한 점은 세 개나 있었다.

첫째.

휴대폰을 만지작거리고 있는 유우키를 보고 내가 '뭐 보는 걸까~' 하고 순수한 호기심 때문에 뒤에서 들여다봤더니, 유우키는 당황한 것처럼 화면을 껐다.

둘째.

유우키가 데이트 신청을 했는데, 그의 성적이 좋지 않아서 나는 거절했다.

하지만 아무리 그래도 불쌍하니까 나는 집에서 사이좋게 노는 시간을 늘려줘야겠다고 생각했다. 그래서 내가 먼저 말을 걸었는데, 그는 "미안. 지금은 좀 바빠서"라고 하면서 나를 피하게 되었다.

셋째.

돈 관리는 기본적으로 내가 하고 있다.

물론 아무런 불편함 없이 생활할 수 있도록 유우키에게는 돈을 주고 있다.

그래서 나는 작은 변화도 눈치챌 수 있었다.

지갑의 내용물이 한꺼번에 확 줄어든 것도.

갑자기 유우키의 지갑에서 돈이 뭉텅이로 사라졌다.

1만 엔짜리 지폐가 몇 장이나 사라졌는데, 어디에 그 돈을 썼는지 짐작도 가지 않았다.

끝.

"영문을 모르겠어."

그가 나를 다정하게 대해주지 않는 것도 아니고, 불쾌한 짓을 나한테 하는 것도 아니다.

단지 몰래 뭔가를 하고 있을 뿐이다.

결혼하기 전에는 틀림없이 이런 것에는 신경도 안 썼을 텐데.

어쩐지 좋아하는 사람이 나한테 뭔가를 숨긴다는 것이 마음에 안 들어…….

어차피 큰일은 아니다. 그걸 아는데도 좀 답답했다.

도대체 뭘 숨기는 거야? 하고 자백을 받아내고 싶었다.

하지만 그렇게 깊이 파고들었다가, 귀찮은 여자라고 생각되면 어쩌지?

좋아하는 상대한테는 조금이라도 더 좋은 사람처럼 여겨지고 싶다.

그런 마음이 나를 방해했다.

정말로 그의 비밀은 도대체 뭘까?

서, 설마, 같이 살기 시작한 이후로 꽤 시간이 지났는데, 역시 나하고는 마음이 안 맞아서 스트레스가 쌓인 걸까?

아, 아니, 아니지. 아무리 그래도 그건 아닐…… 거야.

말도 안 된다고 생각했다. 그러나 의혹은 불식되지 않았다.

갑자기 돈 씀씀이가 헤퍼지다니, 이건 아무리 봐도 수상하잖아.

나한테 정이 떨어진 건가?

나한테는 비밀로 하고 딴 여자와 놀고 있는 건가?

아아—, 진짜, 대체 뭘 숨기고 있는 거야!!!

"안 되겠어. 물어보자."

그가 나를 좋은 아내라고 생각했으면 좋겠다.

그래서 유우키를 심하게 추궁하진 않았는데, 이제는 인내심의 한계에 도달했다.

오늘도 편의점에 가려고 하는 유우키를 불러 세웠다.

"저기, 유우키. 나한테 뭐 숨기는 거 없어?"

"어, 숨기는 건 없는데?"

100퍼센트 거짓말이다. 소꿉친구이니까 알 수 있다.

틀림없이 뭔가 숨기고 있다.

그것이 나한테는 안 좋은 일일지도 모른다. 그렇게 생각하자 저절로 눈물이 났다.

♡ ♡ ♡

영문을 알 수 없었다.

내 눈앞에서 눈물을 흘리는 스즈카를 보고 나는 몹시 당황했다.

"너, 너 왜 그래?"

"왜, 왜냐니, 유우키, 네가 뭘 숨기고 있는지 안 가르쳐주니까…… 요새 너, 진짜 수상하단 말이야."

"수, 수상하다니?"

"매일 밤마다 편의점에 가고. 내가 같이 이야기하자고 해도 최근에는 자꾸 거절하기만 하고. 나를 쳐다보면서도 안보는 척하고. 네가 휴대폰을 만지고 있을 때 슬쩍 보려고 하면 너는 얼른 화면을 꺼버리잖아. 그리고 가장 결정적으로, 지갑 속의 돈이 한꺼번에 확 줄어들었어…… 이건 조금 수상한 게 아니라 엄청나게 수상하잖아……."

똑똑한 아내는 내 행동을 완벽하게 지켜보고 계셨다.

하기야 나 같아도 스즈카가 갑자기 나를 보더니 금방 딴 데로 고개를 돌려버리거나, 스즈카의 지갑 속에서 돈이 뭉텅이로 사라지거나 한다면 당연히 의심할 것이다.

내가 왜 그렇게 수상한 짓을 했는가. 물론 이유는 있었다.

"저기, 있잖아……. 너를 기쁘게 해주려고 했던 거야."

"뭐?"

"어— 그러니까, 날마다 편의점에 갔던 것은 달리기 연습을 하는 거였어. 왜냐하면 너는 내 복근을 무척 좋아하잖아? 그래서 다음에 보여줄 때에는 탄탄한 근육으로 너를 놀라게 해주고 싶어서……."

"내가, 같이 이야기할래? 하고 물어봐도 네가 거절하게 된 이유는 뭐야?"

"공부하느라."

"왜?"

"알다시피 요새 우리는 공부만 하느라 신혼 생활을 만끽하지 못하고 있잖아? 그건 내 성적이 나빠서고……. 그래서 이번 모의고사에서 좋은 성적을 내면, 네가 안심하고 나와 데이트해 줄지도 모른다고 생각했던 거야."

"저기, 유우키. 설마 그 수상한 행동이…… 전부 다, 나를 위한 거였어?"

이상한 오해를 하게 만들었던 나는 멋쩍어하면서도 솔직하게 대답했다.

"말하자면, 그런 거지."

"휴————. 아아, 정말 다행이다……."

"저, 저기, 내 행동이 그렇게 수상했어?"
"엄청나게 수상했어!"
"미안……."
"설마 나를 싫어하게 된 건가? 나한테서 멀리 떠나기 위한 준비를 하고 있는 건가? 밖에 나가서 여자랑 노는 건가? 등등, 별의별 생각을 다 했었어."
"그럴 리가 없잖아."
"그건 알아. 그럴 리 없다는 것은 알았는데, 그래도 불안해서……."
"……미안해."
최근에 나는 이것저것 많이 했었다.
그런데 스즈카를 놀라게 해주고 싶다는 욕심 때문에, 모든 것을 너무 심하게 숨겼다.
그 결과 스즈카를 몹시 불안하게 만들어 버렸다.
"휴—, 내가 실수했구나……."
"아니야. 내가 걱정이 많아서 그런 거지."
"아니, 그건 아니잖아. 이번 일은 내 실수야."
"아, 저기. 아직 신경 쓰이는 게 있는데. 물어봐도 돼?"
"그래, 이참에 물어봐. 다 대답해 줄게."

"도, 돈은…… 어떻게 된 거야? 한꺼번에 꽤 많은 돈을 쓴 것 같던데……."

"너한테 줄 선물을 샀어. 그리고 데이트할 때 입으려고 좋은 옷도 사봤어."

"어, 미안해. 너는 나를 기쁘게 해주려고 이것저것 많은 일을 해줬는데, 거기에 찬물 끼얹는 짓을 해서."

미안해하면서 사과하는 스즈카의 얼굴을 보고 나는 웃음을 터뜨렸다.

"뭐야, 왜 웃어?"

"푸훗. 아니, 뭔가 좀. 우리는 이미 결혼했는데도, 꼭 이제 막 사귀기 시작한 연인 같은 짓을 하고 있잖아? 그게 웃겨서."

"후후. 아하하하!"

"그렇지? 웃기지?"

우리 둘이서 전혀 부부답지 않은 짓을 하고 있는 것이 웃겨서 웃음이 터졌다.

아, 그렇구나.

역시 그런 거야. 다시금 실감하게 되었다.

우리에게는 역시, 결혼이란 것은——.

도착점이 아니라 출발점에 불과한 것이다.

제11화 수족관 데이트

오늘은 대망의 데이트를 하는 날.

그렇다. 나는 모의고사에서 좋은 성적을 내는 데 성공해서 스즈카와 데이트할 권리를 무사히 손에 넣었다.

좋아하는 사람과 처음 하는 데이트.

잊지 못할 추억을 만들고 싶어서 미리 스즈카에게 줄 선물도 준비했다.

실은 깜짝 선물로 하려고 했는데, 선물의 존재는 이미 들켰다.

그래도 그 선물의 정체가 무엇인지는 들키지 않아서 그나마 다행이었다.

"좋아, 그럼 준비할까."

아침밥을 다 먹고 나서 외출 준비를 했다.

머리를 잘 빗고, 다행히 아직 짙진 않은 수염을 깨끗이 깎고, 눈썹은…… 바로 얼마 전에 다듬었으니 괜찮을 것이다.

코털이 튀어나오지 않았나 확인도 하고. 그렇게 세심하게 구석구석까지 체크했다.

그리고 마지막은 옷. 데이트용으로 골라둔 멋진 복장으로 갈아입었다.

상의는 리넨 셔츠. 즉, 마로 된 깔끔해 보이는 셔츠.

하의는 스키니 바지. 날씬해 보이는 실루엣으로 말쑥한 인상을 심어준다.

금전적으로는 여유가 있기 때문에 평소보다 더 분발해서 새로 구입한 비싼 옷이었다.

가게 직원한테도 직접 의견을 물어봤으니까 틀림없이 이 정도면 괜찮을 것이다.

준비를 마치고 스즈카의 준비가 끝나기를 기다렸다. 그동 안에도 마음이 들떠서 진정할 수 없었다.

얌전히 기다리고 있는데 스즈카의 메시지가 왔다.

『첫 데이트잖아. 밖에서 약속을 잡은 것처럼 만나고 싶으 니까, 먼저 역에 가 있을래?』

와, 귀여운 말을 다 하네. 하는 수 없지. 시키는 대로 해줘 야겠다.

짐을 들고 먼저 역으로 갔다. 슬슬 금전 감각이 둔해지고 있는 나는 역 앞의 카페에서 커피를 샀다. 아마도 얼마 전까 지의 나라면 사지 않았을 테지만. 그 커피를 마시면서 스즈 카를 기다렸다.

곧 도착할 거라는 메시지를 받았다.

지정된 장소에서 기다리고 있는데, 멀리서 손을 흔들면서 스즈카가 나에게 다가왔다.

"오래 기다렸지? 어때, 나 예뻐?"

조금 쑥스러워하는 스즈카의 옷을 살펴봤다.

대담하게 겨드랑이를 노출시킨 민소매 흰색 상의가 눈길

을 끌었다.

그런 상의를 강조해 주기 위해서인지 스커트는 그다지 튀지 않는 스타일이었다.

가방도 옷에 맞춰 선택했는지, 어디를 봐도 통일감이 완벽하게 느껴졌다.

패션에 관한 지식이 없는 나조차도 알아볼 정도로 철저하게 신경 쓴 코디였다.

최근에 스즈카는 티셔츠 위에 얇은 바람막이 점퍼를 걸치고 밑에는 반바지를 입는 편안한 스타일로 지냈었는데, 오늘은 데이트를 의식해서 멋지게 꾸민 모습이었다.

의욕이 넘치는 그 모습이 바로 나를 위한 것이라고 생각하니 저절로 마음이 들떴다.

"그렇게 뚫어져라 쳐다보지만 말고, 칭찬해도 되는데?"

"정말 귀엽고 예뻐. 너 작정하고 꾸미면 진짜 굉장하구나?"

"그렇지? 나도 이렇게까지 힘낸 건 처음이야. 그리고……유우키, 너도 그래."

왠지 고민하는 듯한? 느낌으로 이쪽을 쳐다보는 스즈카.

대체 왜 저러지? 내가 무슨 실수라도 했나?

나는 아주 조금 불안해지기 시작했는데…… 그 불안감은 금방 사라졌다.

"엄청나게 의욕적으로 꾸몄네. 너무 멋있어. 왠지 부끄러워서 똑바로 볼 수가 없어."

"나도 작정하고 노력해 봤어."

"그렇게 성실한 점이 정말 좋아!"

"응, 그럼 갈까?"

의욕이 넘치는 아내와 나는 수족관을 향해 출발했다.

♡ ♡ ♡

어느새 우리는 예나 지금이나 인기가 많은 수족관에 도착했다.

다소 어두운 수족관 안에서 스즈카와 함께 걷기 시작했다.

좀 서늘한 걸까. 스즈카는 민소매 상의 위에 카디건을 걸치고 있었다. 그러자 또 인상이 달라져서 차분한 분위기가 되었다. 그 모습도 예뻤다.

"작은 물고기는 참 좋구나……."

스즈카와 함께 소형 수조에서 헤엄치는 작은 물고기를 구경했다.

보통은 큰 물고기에 시선을 빼앗기기 십상인데, 이렇게 작은 물고기도 매력적이었다.

그런데 나는 사실 물고기보다도 스즈카를 계속 보고 있었다. 스즈카가 데이트하려고 작정하고 예쁘게 꾸민 모습이니까, 많이 봐두지 않으면 손해일 것이다.

하지만 스즈카의 모습만 넋 놓고 보지 말고, 대화도 성실하게 해야겠다.

"응, 맞아. 작은 물고기도 괜찮지."

"너 옛날에는 작은 물고기는 별 볼 일 없으니까 상어나 보러 가자! 하고 말했잖아?"

"잘도 기억하네."

"난 기억력은 좋거든? 그래서 너는, 작은 물고기의 매력 포인트가 뭐라고 생각해?"

"키우기 쉽다."

"너무 합리적인 이유잖아. 좀 더 낭만이 넘치는 대답을 기대했는데―. 자, 다시 해봐!"

작은 물고기의 매력을 낭만적으로 설명하라는 요구를 받았다.

과연 낭만적이라고 해도 될지 모르겠지만, 어쨌든 이것저 것 대답할 수는 있었다.

"작아서 보호해 주고 싶고. 왠지 귀여워서 힐링이 되기도 하고?"

"아하, 그렇구나. 그럼 보통 사람들보다 몸집이 작은 나는 어때?"

가슴만 크지 실제로는 몸집이 작은 스즈카.

작아서 보호해 주고 싶어진다는 나의 발언을 놓치지 않고 지적하셨다.

"자기를 지켜 달라고 재촉하는 거야? 넌 나한테 도움 받는 것은 별로 좋아하지 않잖아."

스즈카는 기가 세다고 할 정도는 아니지만, 나한테 도움 받는 것을 달가워하진 않았다.

소꿉친구로서 서로 빚지는 거 없이 대등하게 지내고 싶다. 그렇게 말했던 것을 기억한다.

　"하지만 부부가 되면 사정이 달라지잖아? 응, 그래서? 유우키는 이렇게 작은 나를 잘 지켜줄 거야?"

　"당연하잖아? 스즈카, 너는 내 아, 아내니까."

　"앗, 너 말하는 도중에 부끄러워했지? 그런 말을 해주면 너무 기뻐서 자꾸 웃음이 나오는데."

　"아까부터 계속 히죽히죽 웃고 있잖아. 별로 달라질 것도 없지 않아?"

　"에헤헤. 그럼 유우키, 너는 나와 부부가 돼서 나한테 바라는 거라든가, 그런 거 있어?"

　"대답하기 어려운 부분을 콕 집어 물어보는구나……."

　부부가 돼서, 아내인 스즈카에게 바라는 것…….

　"실컷 어리광을 부려 보고 싶어."

　"흐음. 솔직한 대답이네."

　"소꿉친구인 너한테는 어리광을 부려 봤자 바보 취급당할 테니까, 죽어도 안 하고 싶었는데……. 지금은 어, 뭐랄까. 내 어리광을 아주 잘 받아줄 것 같거든."

　"잘 아네? 이제 나는 너를 좋아한다는 사실을 깨달았으니까~. 당연히 무한정으로 네 어리광을 받아줄 거야."

　완전히 신이 난 스즈카.

　솔직하게 말하면 바보 취급당할지도 모른다고 생각했는데, 전혀 아니어서 안심했다.

"역시 소꿉친구와 부부란 것은, 관계가 다르니까 많은 것들이 달라지는구나."

"그럴 수밖에 없지. 스즈카, 넌 내가 지켜주길 바라게 되었고, 나는 너한테 어리광을 부리고 싶어졌잖아. 뭔가 엄청나게 달라져서 놀라워. 어, 아무튼. 작은 물고기 코너는 계속 구경할 거야?"

"이제 다 봤어. 아, 그리고 뭐든지 나한테 다 맞춰줄 필요는 없어!"

둘이서 함께 만끽해야지만 진짜로 즐길 수 있다.

스즈카와의 첫 데이트. 처음부터 의욕이 좀 심하게 넘쳤으니까, 조금 긴장을 풀어야겠다.

"그래? 그럼 난 저쪽에 있는 열대어 코너가 궁금해."

"웅! 좋아, 가자!"

♡ ♡ ♡

다양한 수조를 구경하면서 돌아다닌 지 한 시간이 지났다.

슬슬 돌고래 쇼를 할 시간이란 것이 생각났다. 우리는 개최 장소로 향했다.

"이 수족관은 돌고래 쇼가 유명하던가?"

"응, 맞아. 굉장히 유명해."

"아―, 좀 더 빨리 이동할 걸 그랬네."

조금 일찍 왔는데도 공연장의 자리는 거의 다 차 있었다.

그렇다, 지금은 여름방학이었다.

수족관은 넓어서 손님들은 대부분 흩어지지만, 이것은 메인에 대형 이벤트.

흩어져 있던 손님들이 우르르 몰려드는 것도 당연했다.

상상했던 것보다 더 굉장한 인파였다. 어디 앉을 곳은 없나? 하고 생각했는데, 앞쪽의 자리가 부자연스럽게 비어 있었다.

"유우키, 저기가 비어 있어. 그런데 저기 앉으면 틀림없이 흠뻑 젖을 거야. 저기 봐, '물이 많이 튑니다. 이 자리를 이용하실 때에는 주의해주세요'라고 자리에 적혀 있잖아?"

아이가 앉고 싶다고 말해도 "젖으니까 안 돼" 하고 부모님이 타이를 것 같은 자리.

마치 스릴을 즐기는 것처럼 스즈카는 '우리 앉아보지 않을래?'라는 표정이었다.

하지만 오늘 스즈카는 매우 공들여 화장도 했고, 몸에서 좋은 향기도 났다.

물벼락을 맞게 놔두기는 너무 아깝다는 생각이 들었다.

"화장이나 헤어스타일이 망가질 수도 있는데. 괜찮아?"

"하지만 이왕 구경할 거면 좋은 자리에서 구경하고 싶잖아? 그리고 너한테는 내 헤어스타일이 망가진 모습을 보여줘도 괜찮으니까. 응? 어차피 너는 매일 아침마다 부스스~해진 내 머리를 보고 있잖아."

"응, 그럼 저 자리에 앉을까?"

"와, 좋아!"

우리 둘은 앞자리에 앉았다.

이렇게 물에 젖을 각오를 하고 앉을 수 있는 것은, 역시 소꿉친구이기 때문일 것이다.

보통 사람들은 흔히 소꿉친구와 사귀는 것은 '불가능하다'고 말한다.

소꿉친구와 사귀면 헤어질 때가 무섭다든가, 소꿉친구는 연애를 할 때 불타오르는 느낌이 별로 없다든가. 그렇게 온갖 부정적인 면만 이야기하는 녀석은 도대체 누굴까?

이런 식으로 남들과는 다른 즐거움도 얻을 수 있는데.

나는 그렇게 속으로 소꿉친구와 사귀는 것이 얼마나 좋은지 이야기하고 있었는데, 그것도 오래가진 않았다.

"여러부──운. 안녕하세요~."

돌고래를 부리는 훈련사 누나가 기운차게 수영장 뒤에서 나타났다.

저 누나, 몸매가 좋네.

딱 달라붙는 잠수복을 입고 있어서 보디라인이 뚜렷하게 보였다.

나도 모르게 시선을 빼앗겼다.

"유우키. 너는 좀 거시기한 생각을 하면 꼭 코 평수가 넓어지더라~."

"화났어?"

"이런 일로 화내진 않아."

"의외네."

"아무리 그래도 이렇게까지 사소한 일로 펄펄 뛰는 귀찮은 여자는 아니거든?"

물론 이것도 괜찮은데, 개인적으로는 스즈카가 질투를 해 주는 것도 싫진 않을 것이다.

뭐, 쓸데없는 이야기지만. 입 밖에 내지는 말자.

"와, 본격적으로 시작하려나 봐."

훈련사 누나가 들고 있는 훌라후프를 점프로 통과하기도 하고, 코끝에 올린 공이 떨어지지 않도록 잘 균형을 잡으면서 공을 받치기도 하는 돌고래.

그렇게 온갖 묘기를 보여주자 관객들도 신나게 열광했다.

그리고 마지막 묘기는 돌고래 두 마리가 동시에 점프하는 것이었다.

첨벙! 하고 크게 물보라가 일면서 관객석으로 대량의 바닷물이 쏟아졌다.

눈 깜짝할 사이에 나와 스즈카는 물에 빠진 생쥐가 되었다.

"아하하하, 완전히 젖어 버렸네~~~."

천진난만하게 기뻐하는 아내. 나도 마찬가지로 웃으면서 기뻐했다.

즐거운 시간은 순식간에 지나갔다. 우리가 흠뻑 젖은 다음에 약 40분에 걸친 놀고래 쇼는 끝났다.

사람들이 점점 공연장에서 떠나갔다.

우리는 앞쪽에 앉아 있었으므로, 어차피 공연장에서 나가는 순서는 맨 마지막이었다.

그래서 혼잡함이 해소될 때까지 스즈카와 함께 잠시 기다렸다.

"정말 즐거웠어!"

다소 젖는 것은 각오했지만, 상상했던 것보다 훨씬 더 흠뻑 젖었다.

첫 데이트인데 망해 버렸다.

스즈카의 화장도 망가졌을 거라고 생각했는데, 얼굴은 단단히 지키고 있었나 보다.

그래도 얼굴 외의 부분은 엉망진창이었다.

"데이트 중인데 꼴이 엉망이 되었네."

"엣치. ……아, 기침이 웃기게 나왔어."

"휴지 줄까?"

"응, 줘……."

휴지로 코를 닦는 스즈카.

머리카락은 많이 젖었고, 옷도 적당히 젖었다.

이게 정말로 첫 데이트인가?

뭐, 이것도 우리다워서 괜찮긴 하지만.

♡ ♡ ♡

저녁 해가 붉게 빛나는 시각. 바깥의 더위도 조금 누그러지기 시작했다.

나잇값도 못 하고 신나게 놀면서 수족관을 만끽한 우리들은 이제 집으로 가는 길을 걷고 있었다.

물론 내 가방 속에는 기념품이 한가득 들어 있었다.

복권에 당첨돼서 진짜로 소비욕의 고삐가 풀린 것이다.

"오늘은 즐거웠어. 유우키, 고마워!"

"즈, 즐거웠어? 그렇다니 안심이 되네. 나, 나도 오늘은 너와 데이트할 수 있어서 즐거웠어."

어색하게 대답을 했다.

오늘 하루를 잊지 못할 추억으로 만들고 싶다.

그래서 나는 스즈카에게 줄 선물을 준비했다.

그리고 아까부터 그 이야기를 어떻게 꺼내면 좋을까? 하고 치열하게 기회를 엿보고 있는 중이었다.

가볍게 뭔가를 준 적은 있지만, 정식으로 선물을 준 적은 없었다.

왠지 부끄러워서 좀처럼 결심을 할 수 없었다.

"저기, 너 왜 그래? 좀 불안해 보인다?"

"아, 아닌데? 기분 탓이겠지."

"흐—음. 그런가……?"

수족관과 역 사이를 왕복하는 셔틀버스를 타러 가는 도중에, 경치가 좋아 보이는 곳에서 멈춰 섰다.

휴. 진정하자.

"스즈카, 잠깐 경치나 구경하다 가지 않을래?"

"좋아."

우리 둘은 나란히 서서 멍하니 경치를 바라봤다.

그런데, 진짜로 겁쟁이구나…… 나는.

자연스럽게 주머니 속에 넣어둔 작은 선물을 건네주는 데 이렇게까지 고생할 줄이야……

꿀꺽 하고 마른침을 삼켰다.

그 후 조금 더 해가 기울었을 때, 나는 마침내 용기를 쥐어짜내서 선물을 꺼내 스즈카에게 휙 던져줬다.

순순히 건네주지 못하는 것이 정말로 꼴사나웠다.

"이거, 받아."

"어? 으악. 갑자기 던지면 어떡해? 아, 이건……."

"너한테 주는 선물이야. 저번에 내가 샀다고 말했었잖아?"

"맞아, 그랬지. 에헤헤. 고마워~. 정말 기뻐."

"네, 네 마음에 들면 좋겠다."

스즈카가 잡지를 읽을 때 뒤에서 훔쳐보거나, 혹시 갖고 싶은 물건이 있는지 은근슬쩍 물어보거나 하면서 이것저것 정보를 모아 골랐으니까. 틀림없이 스즈카도 기뻐할…… 것이다. 아마도.

나는 상대가 어떻게 반응할지 몰라 불안해하면서도 얌전히 기다렸다.

그리고 스즈카는 선물 상자 속에서 나타난 목걸이를 보고 눈을 반짝 빛냈다.

"이건 내가 사고 싶어 했던 목걸이잖아? 어휴, 진짜~ 이 녀석, 아내한테 관심이 많은 남편이구나!"

"마, 마음에 들어?"

"응!"

스즈카는 활짝 웃으며 대답해줬다.

그 얼굴을 본 나는 휴 하고 안도의 한숨을 쉬었다.

그리고 "저기, 있잖아. 분위기 좋을 때, 좋아하는 남자한테서 사귀어 달라는 말을 들어보고 싶어—"라고 스즈카가 나에게 부탁했던 것을 기억해냈다.

좋아, 이왕 이렇게 됐으니까. 오늘은 한 번 더 힘내보자.

"스즈카. 잠깐 이쪽을 봐줘."

"응, 왜?"

스즈카의 얼굴을 똑바로 보면서 나는 입을 열었다.

"좋아합니다. 사귀어 주세요."

분위기 깨는 말 한마디 없이, 스즈카는 내 의도를 알아줬다.

"네. 기뻐요."

이리하여 나와 스즈카는 부부가 되기 전에 밟아야 했던 단계를 살며시 밟게 되었다.

앞으로도 휙 건너뛰었던 우리의 연애의 추억을 만들어 나가고 싶다.

고백 이후의 여운을 가만히 맛보다가 나는 이윽고 상쾌한 기분으로 입을 열었다.

"자, 슬슬 돌아갈까."

"응. 빨리 집에 가서, 네가 준 목걸이에 어울리는 옷을 고르고 싶어."

스즈카가 신나게 걸음을 뗐다.

혼자 뒤처지지 않으려고 나도 그 뒤를 따라갔다.

"야, 그렇게 신나서 걷다가 넘어진다."

"아, 괜찮아―, 괜찮아―! 넘어져도 틀림없이 네가 나를 지켜줄 테니까!"

♡ ♡ ♡

수족관 데이트를 무사히 끝내고 우리는 귀로에 올랐다.

"유우키."

"응? 왜?"

"그냥 불러봤어~."

셔틀버스 정류장으로 가는 길을 천천히 걷다가, 밑으로 내려가는 계단 앞에 도착했다.

오늘의 데이트는 성공했다고 할 수 있으리라.

그런데 우리 둘 다 한껏 들떠서 주의력이 산만해져 있었다.

상당히 높은 계단인데도 두려움 따윈 전혀 느끼지도 않고 실실 웃으면서 걷고 있었다.

그래서 우리 뒤에서 달려오는 소년의 존재를 눈치채지 못했다.

——퍽.

계단을 뛰어 내려가는 초등학생쯤 되는 남자아이가 스즈카와 부딪쳤다.

"꺅!"

작은 비명을 지르는 스즈카.

불의의 일격. 허리와 다리에 전혀 힘을 주고 있지 않았으므로, 스즈카는 그대로 넘어져 굴러 떨어지려고 했다.

늦으면 안 돼!

어떻게든 필사적으로 자세를 바로잡으려고 하는 스즈카. 나는 그 몸을 와락 끌어안고 계단에서 같이 굴러 떨어졌다.

데굴데굴 몇 초 동안 둔탁한 소리가 울렸다. 그 후 나는 스즈카가 무사한지 확인했다.

"괘, 괜찮아?"

"으, 응. 난 괜찮은데……. 유, 유우키?! 괘, 괜찮아?!"

아아, 다행히 스즈카는 무사한 것 같았다.

안심했더니 격렬한 통증이 내 몸을 덮치는 것이 느껴졌다.

"으윽, 아야……."

신음 소리밖에 나오지 않았다. 아무리 봐도 멀쩡한 몸이 아니었다.

기절하진 않았지만, 너무 아파서 나는 말을 제대로 하지 못하게 되었다.

아무래도 인생에는 행복한 일만 있는 것은 아닌가 보다.

제12화 모든 것이 꼭 순조롭다고 할 수는 없다

나는 깁스로 고정되어 자유를 잃어버린 오른팔을 봤다.

남자아이와 부딪쳐 계단에서 굴러 떨어질 뻔했던 스즈카를 구해준 결과가 이것이었다.

부상을 치료하고 검사하기 위해 며칠 동안 입원했다.

오늘은 퇴원하는 날. 드디어 집에 돌아갈 수 있다.

"얍."

나를 데리러 와준 스즈카가 내 짐을 들었다.

왼팔은 무사하니까 짐은 얼마든지 들 수 있는데, 스즈카가 나를 배려해 주는 것이리라.

"집에 돌아가는 데 시간이 꽤 오래 걸려 버렸네."

"단기간이긴 해도 입원을 했으니……."

수족관에서 집으로 돌아가는 데 이렇게나 시간이 오래 걸릴 줄은 몰랐다.

쓴웃음을 지으면서 나와 스즈카는 미리 불러둔 택시에 탔다.

"전치 3개월. 오른손잡이 수험생인데 오른손을 쓸 수 없다니, 너무 치명적이잖아……."

택시를 타고 이동하면서 우리 집으로 돌아가는 도중에 머리를 싸쥐고 불안한 마음을 토해냈다.

수험생인데 오른손으로 펜도 쥘 수 없다. 이건 심각한 핸

디캡이었다.

온갖 미련을 떨쳐내고 공부에 집중할 수 있게 된 직후에 이런 일이 생길 줄이야.

생각하면 할수록 마음이 침울해졌다.

"유우키. 내가 최대한 도와줄게."

"아냐, 됐어. 너도 수험생인데. 너무 무리하지 마, 알았지?"

"그럼 적당히 도와줄게."

"후유…… 왠지 피곤하다. 조금만 잘게."

집으로 가는 택시 안에서 나는 속상해서 잠이나 자려고 했다.

그러나 앞날에 대한 불안감 때문에 왠지 마음이 초조해져서 잠을 이루지 못했다.

택시에 탄 지 두 시간 후. 겨우 나는 집으로 돌아왔다.

"휴─. 진짜 큰일을 당했었네. 유우키, 돌아온 거 축하해."

"응. 다녀왔습니다."

집에 도착한 것은 저녁 무렵이었다.

자, 오늘은 편하게 푹 쉬어야겠다. 그렇게 생각했는데 장모님이 병문안을 와주셨다.

"유우키, 미안해. 우리 애를 감싸느라 이렇게 다쳐서……."

"아뇨, 지켜주는 것이 남편의 역할이잖아요. 괜찮아요."

"역시 유우키는 훌륭해. 하지만……, 자기 몸도 소중히 여겨야 해. 알았지?"

"아, 네……."

"맞아. 감싸준 것은 기뻤지만, 유우키가 다치는 것은 싫단 말이야⋯⋯."

풀이 죽은 스즈카도 나한테 자기 자신을 소중히 하라고 말했다.

"알았어. 아니, 대체 몇 번을 말하는 거야?"

"하지만 걱정되는 걸 어떡해⋯⋯."

숙연한 분위기가 되었다.

빈말로도 분위기가 좋다고는 할 수 없었으므로, 나는 화제를 바꿨다.

"땀 냄새도 나니까 목욕을 하고 싶은데⋯⋯."

"아, 그래. 입원하는 동안에는 목욕을 할 수 없었지?"

따로 부탁하지 않았는데도 스즈카는 깁스가 젖지 않도록 비닐봉지를 씌워줬다.

아무래도 지금 나는 극진한 대접을 받는 상태인가 보다.

"그럼 난 목욕하고 올게."

"조심해."

나는 욕실로 걸어가려고 했다. 그때 옆에서 우리를 지켜보던 장모님이 말씀하셨다.

"씻는 것을 도와주지 그러니?"

"어, 그, 그러네? 응."

장모님이 말씀하신 대로 스즈카는 나를 따라왔다.

나와 스즈카는 특이한 녀석들이었다. 한 지붕 밑에서 사는데도 아직 일선을 넘지 않았다.

상대가 자기 몸을 씻어주는 것도, 또 자신이 상대의 몸을 씻어주는 것도 부끄러워하는 관계인 것이다.

"억지로 도와줄 필요는 없어. 자, 저쪽이나 봐."

그러나 스즈카는 못한다고 하지 않고 천천히 내 옷으로 손을 뻗었다.

"내가 너를 다치게 했으니까. 안 도와줄 수는 없잖아……."

"너무 신경 쓸 필요 없다니까. 뭐, 그래도, 네가 그렇게 말한다면 감사히 도움을 받을게."

스즈카가 옷을 벗겨주는 동안 나는 얌전히 있었다.

스즈카는 상의를 다 벗긴 뒤, 민망해하는 시선으로 내 바지를 바라봤다.

"저, 저기, 이것도 벗을 거지?"

유난히 온순하고 헌신적인 스즈카의 태도.

평소와 너무 심하게 차이가 나서 그런가. 왠지 내 등이 근질근질해지는데…….

스즈카도 친하지 않으면 볼 기회도 없는 부분을 볼 용기는 없는지, 눈동자를 이리저리 굴리고 있었다.

"수건을 두를 테니까 넌 저쪽을 보고 있어."

"뭐? 아니, 왜."

"순진한 사람한테 이런 걸 보여주면서 즐기는 취미는 없거든?"

스즈카를 뒤로 돌아서게 한 다음에 바지를 벗고 팬티도 벗었다.

한 손으로 허리에 수건을 두르려고 했는데 좀처럼 성공하지 못했다.

에이. 귀찮아. 이렇게 된 이상, 그냥 팬티를 입고 샤워를 해버리자!

벗었던 팬티를 다시 입었다. 그래, 이 정도는 한 손으로도 얼마든지 할 수 있다.

"뭐야, 왜 팬티는 계속 입고 있어?"

"한 손으로 허리에 수건을 두를 정도로 내가 손재주가 좋아 보여?"

"후후. 그게 무슨 소리야? 저기, 그런데 좀 무섭긴 해도, 나는 직접 볼 각오는 되어 있거든? 오히려 좀 보고 싶기도 해."

환자인 나를 배려해서 그런 걸지도 모르지만, 지금까지 전혀 웃지 않았던 스즈카가 살짝 웃었다.

온순한 스즈카도 좋아하지만, 평소의 스즈카는 훨씬 더 좋았다.

"뭐라고? 야, 난 네가 무서워서 못 보는 것 같으니까 친절하게 타협해 준 거였는데!"

"아, 아닌데요~. 댁이 나한테 보여주는 것을 부끄러워할 것 같아서~ 내가 예의상 사양해 준 건데요!"

"아, 됐어. 준비도 끝났으니 빨리 들어가자."

소중한 부분을 잘 숨긴 채 욕실로 들어갔다.

대중탕에서 흔히 보는 플라스틱 의자에 앉자, 스즈카는 목욕 스펀지를 집어 들더니 보디 샴푸로 거품을 내기 시작했다.

"억지로 할 필요는 없어, 알지?"

"나 때문에 네 몸이 이렇게 되었잖아. 그러니 시중들게 해 줘, 응? 자, 이쪽으로 등을 보여줘 봐."

스펀지로 내 등을 북북 문질러 씻어주기 시작하는 스즈카.

일단 시작해보니까 좀 부끄럽긴 해도 의외로 괜찮았다.

수족관에서 스즈카에게도 말했지만, '어리광 부리고 싶다'는 소망이 차근차근 이루어지고 있는 것 같았다.

"나쁘지 않네."

"뭐가?"

"이렇게 네가 정성을 다해 나를 돌봐 준다면, 다치는 것도 나쁘지 않다는 뜻이야."

"수족관에서 나한테 어리광 부리고 싶다고 말했었지? 그래서 이 상황에 감동받은 거야?"

"감동이 너무 심해서 문제야."

"에헤헤. 그렇구나. 그럼 열심히 해야지. 손님, 가려운 곳은 있으세요?"

"아래쪽."

스즈카는 친절하게 내 등을 밀어주다가 갑자기 손을 멈췄다.

"이건 특별한 기회인데. 야, 야한 서비스라도, 해주는 게 좋을까?"

"그건 내가 싫어. 너한테 다양한 서비스를 받는다면, 이왕이면 신체 건강할 때가 더 좋아……."

"사치스러운 투정이네."

"아니, 이 상황에서는 네가 해주는 것을 받기만 해야 하잖아? 그건 남자로서의 자존심이 용납하지 못하거든……."

"자존심이란 게 있었어? 게다가 건강한 남자라면, 보통 여기서는 나한테 몸과 마음을 다 맡겨버리고 싶어 할 텐데……. 헉, 유우키. 너 설마 여자가 아니라 남자한테 관심이……."

"헛소리하지 마. 여자한테 관심은 있어. 단지 겁쟁이일 뿐이야."

"겁쟁이구나~. 뭐, 실은 나도 마음의 준비가 안 됐으니까 다행이야. 그야, 너랑 이것저것 한다고 생각하면 너무 흥분돼서 위험한걸."

"뭐가 위험한데? 구체적으로."

"나를 봐봐."

뒤를 돌아보자, 옷이 젖어도 개의치 않고 나를 씻어주는 스즈카가 보였다.

그런데 이상하게도 코를 붙잡고 있었다.

자세히 보니까 그 코를 붙잡은 손이 붉게 물들어 있었다.

"유우키, 네 몸이 완벽하게 내 이상형이라서. 너무 흥분해서 코피가 났어……."

"푸훗. 흥분해서 코피가 나다니, 그건 의학적인 근거가 없는 괴담 아니었어?"

"아, 뭐야! 아내를 놀리는 남편한테는 벌을 줄 거야!"

스즈카는 부끄러움을 숨기려는 것처럼 다시 내 등을 힘차게 스펀지로 문지르기 시작했다.

응, 그래. 다쳐서 정말 불행하다고 생각했는데, 스즈카가 있으면 이것도 또 나름대로 나쁘진 않구나.

♡ ♡ ♡

퇴원하고 나서 처음 맞이하는 아침.

늦게 자서 그런지 상당히 늦게 일어났다.

아마 스즈카도 오늘은 늦잠을 자다가 방금 전에 일어난 것 같았다.

졸린 얼굴로 휴대폰을 만지작거리고 있었다.

그런데 스즈카가 입고 있는 반바지가 약간 흘러내려서 속옷이 보였다.

……꿀꺽. 마른침을 삼키면서 관찰하고 말았다.

뭐랄까, 말하자면 그런 거다. 좀 무방비한 모습이 심장을 직격했다.

"잘 잤어? 어, 유우키. 너 코 평수가 넓어졌다? 앗, 팬티 보고 있었구나……. 일부러 아무 말도 없이 가만히 쳐다본 거야? 음흉해~."

스즈카가 특기를 살려 나를 놀렸다.

이 자식, 이런 식으로 말하면서도 "그래, 너 야하더라" 하고 내가 반격하면 즉시 부끄러워할 거면서…….

자, 그럼 어떻게 할까.

"안 봤어."

"으음~ 정말? 솔직히 자백하면 또 보여줄 텐데?"

"꽤 야했어."

"헉? 아, 그, 그랬어? 흐음—."

늘 그렇듯이 부끄러워하는 스즈카. 먼저 유혹해 놓고 도 망치는 게 특기인 스즈카.

어차피 속옷은 안 보여줄 테지. 내가 그렇게 포기했을 때 였다.

"하, 하는 수 없지~. 다쳐서 불쌍한 환자를 내가 위로해 줘야겠네. 조금만이야, 알았지?"

살짝 바지를 내려서, 광택 있는 천으로 된 팬티를 부끄러 운 듯이 나에게 보여줬다.

믿을 수 없는 광경에 나는 말문이 막혔다.

"어, 어라? 뭐야, 왜 그래?"

"아, 아니. 언제나 먼저 유혹하는 주제에 중요한 순간에는 도망치는 네가…… 태연하게 보여줘서, 좀 놀랐어."

"다, 다쳐서 힘들어 보이는 너를 위해 서비스를 해준 거 야. 아무튼 잠옷 대신 멀쩡한 옷으로 갈아입혀 줄 테니까 기 다려봐. 아, 그 전에 잠깐 화장실!"

스즈카 Side

손을 씻으면서 나는 생각에 잠겼다.

유우키는 나를 지켜주느라 부상을 당했다.

목숨에 지장이 없다는 사실을 알게 될 때까지는 정말로 무서웠다.

아니, 그런데 진짜로 멋있단 말이지…….

그때 용단을 내렸던 유우키가 너무나 멋있었다.

나를 진심으로 소중히 여기고 있다는 게 느껴져서.

이렇게 된 이상, 나도 지지 않을 정도로 유우키를 소중히 여겨줄 테다!

그런 결심의 영향 때문인지 아침부터 상당히 파격적인 서비스를 하고 말았다.

스스로 바지를 내리고 팬티를 보여준 것이다.

"아아~~~~ 진짜! 뭐 하는 짓이야……."

이제 와서 돌이켜보니 몹시 부끄러웠다.

하지만 여기서 영원히 끙끙거리고 있을 수는 없었다.

내 도움을 필요로 하는 사랑스러운 남편이 기다리고 있으니까!

"나 왔어. 우선 옷부터 갈아입을까?"

옷을 준비해서 유우키의 잠옷을 벗기고 평상복으로 갈아입히기로 했다.

"자, 팔 들어."

"응."

유우키가 입고 있는 잠옷 상의를 뒤집어서 벗겼다.

위에는 속옷도 안 입고 있어서 직접 노출된 맨살이 굉장히 자극적이었다.

축구부를 그만뒀어도 아직 탄탄하게 붙어 있는 복근과 흉근. 이, 이 몸이 나를 지켜줬구나~. 에헤헤. 멋있다.

정신을 차려 보니 나는 차닥차닥 그 몸을 만지고 있었다.

"스, 스즈카, 뭐 해?"

"아니, 몸이 워낙 좋아서 나도 모르게. 내가 팬티 보여줬잖아? 그러니 나도 너한테 조금은 서비스를 받아야지."

"야, 이 변태야."

"네~ 변태예요. 그러니까 배에 힘 좀 줘봐, 응?"

"어쩔 수 없네. 자, 됐어?"

우, 우와! 꾹, 꾹 하고 세게 복근을 눌러도 끄떡없는 것 같았다.

만지는 보람이 넘치는 그 육체를 실컷 맛본 다음에 나는 유우키에게 티셔츠를 입혀줬다.

"지극정성이네. 정말 고마워."

"넌 환자이기도 하니까 당연하지. 게다가 복근을 만졌으니 나도 이득을 본 거고. 자, 아침밥 먹자. 응?"

아침 메뉴는 스크램블드에그와 소시지와 간단한 샐러드. 그리고 식빵.

"빵은 몇 개 먹을래?"

"하나."

토스트기에 빵을 넣고 2분.

땡~ 소리가 나면서 빵이 다 구워졌음을 알려줬다.

내가 커피를 준비하고 있었으므로, 빵은 자기가 책임지겠다면서 유우키는 마가린을 바르려고 했다.

"못 바르겠어."

어린아이라도 할 수 있는 일을 못 해서 유우키는 쓴웃음을 짓고 있었다.

후후후. 귀여운 녀석.

"나한테 맡겨."

"아냐, 이 정도는 해낼 수 있어."

"고집이 있네. 하긴, 네 그런 점도 좋아하지만."

고집쟁이 유우키는 서툴게 마가린을 빵에 다 발랐다.

그리고 의자에 앉아 둘이서 아침식사를 하게 되었다.

""잘 먹겠습니다.""

아침밥을 먹기 시작했는데, 유우키가 나에게 말을 걸었다.

"아 참, 식사를 다 하면 부모님 댁에 다녀올게."

"왜?"

"거기 놔두고 온 물건을 가져오고 싶어서."

"그렇구나."

"아니, 그런데 스즈카. 오늘은 유난히 기분이 좋아 보이는데, 뭐 좋은 일이라도 있었어?"

유우키가 입원해 있는 동안에 나는 이 넓은 집에 혼자 있었다.

그래 봤자 고작 며칠이었지만.

그래도 좀 외로웠다.

"유우키, 너와 같이 있는 게 순수하게 기뻐서 그러는데?"

진심으로 생각하는 내용을 입 밖에 냈다.

♡ ♡ ♡

늦은 아침식사를 마친 후.

나는 두고 온 물건을 찾으러 부모님 댁으로 가려고 했는데, 뜻밖에도 스즈카가 따라왔다.

부상을 당한 내가 혼자 돌아다니는 것이 걱정된다고 했다.

하지만 그것은 스즈카의 농담이었고.

나와 마찬가지로 두고 온 물건을 가지러 가는 것이 목적이었는지, 도중에 자기네 집으로 가버렸다.

스즈카와 헤어진 뒤. 나는 부모님 댁 앞에서 어슬렁거리는 놈을 발견했다.

도, 도둑인가? 나는 조심스럽게 그 수상한 녀석을 관찰했는데…….

"아, 유우키 오빠. 오랜만입니다. 우리 집에 아무도 없어서 여기로 왔는데요."

그 수상한 녀석?은 친근하게 나에게 말을 걸었다.

아무래도 백주 대낮에 당당하게 남의 집에 침입하는 도둑은 아닌가 보다.

"아, 토우카였구나."

미타 토우카. 스즈카의 여동생이자, 나한테도 여동생 같은 존재였다.

올해부터 육상부로 유명한 고등학교에 다니느라 집을 떠났다.

지금은 학교가 운영하고 있는 기숙사에서 살고 있는 고등학생이었다.

아마 여름방학이라 집에 돌아온 것이리라.

그런데 집에는 아무도 없었고, 열쇠도 안 가지고 있었다.

그래서 시원한 곳에서 가족을 기다리려고, 소꿉친구인 내가 사는 집으로 온 것이 확실했다.

"오랜만이네. 아니, 그런데 너는 왜 존댓말을 써? 캐릭터가 바뀐 거야?"

"우리 동아리가 엄격해서 그래요. 가능한 한 공손한 어투로 이야기하라는 이상한 규칙이 있습니다."

토우카가 다니고 있는 학교는 동아리가 매우 강했다.

체육 전공 학생에게는 공부는 덤이었다. 그들은 날마다 동아리 활동을 중심으로 열심히 노력하고 있었다.

뭐, 그런 학교이다 보니 이것저것 엄격한 규칙이 있어도 이상하진 않을 것이다.

"친한 사람한테도 그래?"

"가족이나 친한 사람을 대할 때에도 말투에는 주의하라는 식으로 잔소리가 심하답니다……. 물론 규칙을 지키지 않는 사람이 더 많다고는 생각합니다. 하지만 저는 착실하게 지키고 있습니다."

"고생이 많네."

"네. 고생이 많습니다. 저, 그런데 유우키 오빠. 그 오른 팔은 어떻게 된 겁니까?"

토우카는 부러진 내 오른팔을 보면서 말했다. 스즈카 못 지않게 걱정하는 태도였다.

"계단에서 떨어질 뻔한 스즈카를 감싸다가 부러졌어."

"언니는 군이 감싸 줄 필요도 없는데. 자기 몸을 소중히 여기세요. 아, 그런데 본론을 말씀드리자면, 우리 집에 누군가가 돌아올 때까지 시원한 데서 좀 쉬게 해주세요. 열쇠가 없어서 집에 들어가지 못하는 상황이라……."

"저, 저기……. 너희 어머님한테, 이야기는 들었어?"

"아뇨? 뭔가 중요한 이야기라도 있습니까?"

아ー. 응, 그래. 이건 아무리 봐도 안 가르쳐 준 거구나.

내 입으로 직접 토우카에게 가르쳐 주라는 건가? 현재 나와 스즈카의 관계를?

세상에, 악마세요? 장모님. 그렇게 속으로 비판했지만…….

"많은 일들이 있었거든. 어, 저기, 일단. 더우니까 안에 들어가서 이야기할까."

스즈카가 부모님네 집으로 갔으니까 이제 그곳에는 사람이 있을 텐데도 나는 토우카를 우리 집에 초대하고 말았다.

에어컨을 켠 다음에 차라도 내주려고 했는데…….

"아, 제가 하겠습니다."

손님이 나를 배려해서 스스로 그런 일을 해줬다.

차가운 차를 준비한 뒤, 에어컨 덕분에 점점 시원해지는 집 안에서 토우카는 나한테 푸념을 늘어놓았다.

"동아리 활동이 정말 힘들어요. 생각보다 더 동아리 내부의 상하 관계도 엄격해서……."

피곤해 보이는 토우카.

그 모습만 본다면, 최근에 나와 스즈카의 관계가 변했다는 사실은 모르는 것 같았다.

위험하다. 와, 진짜로 이걸 어쩌지.

아까부터 다리의 떨림이 멈추지 않았는데, 토우카는 나를 보고 웃으며 말했다.

"제가 진학한 다음부터는 언니와 단둘이 있을 기회가 많았을 텐데요. 설마 언니와 사귀기 시작했다든가, 그런 말을 하지는 않을 테죠?"

매우 관심 있게 물어보는 토우카.

이렇게 나와 스즈카가 사귀는지 열심히 물어보는 데에는 당연히 이유가 있었다.

"사귀지는 않아."

"휴. 그렇다니 안심이 됩니다."

"으, 응. 사귀지는 않지."

"어휴, 그렇게 몇 번이나 말하지 않아도 안다니까요."

……위험해─. 이거. 진짜로 위험하다니까─.

어휘력 붕괴. 식은땀 줄줄.

허겁지겁 왼손 하나로 휴대폰을 건드려서 스즈카와 토우카의 어머니——.

내가 장모님이라고 부르는 사람에게 메시지를 보냈다.

『저와 스즈카의 상황을 토우카한테는 안 알려주셨어요?』

그러자 금방 답장이 왔다.

『안 했지. 말했다간 걔가 충격으로 드러누울 것 같아서.』

"크윽. 역시 그랬구나……."

서로 거북해질 게 뻔해서 나와 스즈카도 토우카에게는 아직 사정을 가르쳐 주지 않았다.

응, 그래. 토우카는 아무것도 모른다는 사실이 확정됐구나.

"저기요~ 유우키 오빠? 상당히 안절부절못하는 것처럼 보이는데, 무슨 일이라도 있었습니까? 아니, 그나저나 현재의 저는 어떤가요? 고등학교 1학년이 되어서 이제는 좀 성숙해졌다고 생각하지 않아요?"

"으, 응. 고등학교 1학년이 되어서 무척 어른스러워졌네."

"그렇죠?"

기쁘게 웃는 토우카. 사실 육체적으로는 이미 중학생 때 완성되어 있었다.

달라진 것은 얼굴이었다. 동안이었는데 이제는 고등학교 1학년이 되어서 조금 어른스러워진 것처럼 보였다.

그런데 바로 그때.

두고 온 물건을 무사히 회수한 스즈카가 제멋대로 우리 집에 들어왔다.

당연히 토우카의 존재 따위는 몰랐다. 분위기 파악을 못하고 있었다.

"여보~ 귀여운 아내가 돌아왔어요. 짠!"
그동안 외롭지 않았어?
그렇게 묻는 듯한 표정과 말투로 나와 토우카 앞에 나타난 것이다.

"여보……?"

토우카는 눈에서 웃음기를 싹 지우고 고개를 갸웃거렸다. 그리고 마치 공포 영화처럼 무서운 분위기를 자아냈다.
"유우키 오빠. 우리 언니와, 뭔가 진전이라도 있었습니까?"
"아니 뭐, 그게, 많은 일이 있었지."
"아무래도 이것은 충분히 설명을 들어야 할 것 같은 상황이군요?"
짐작하셨겠지만 스즈카의 여동생인 토우카는 나를 이성으로서 좋아하고 있었다.
그러니까 나와 스즈카가 결혼했다는 사실을 알게 되면 절대로 가만있을 리 없는 것이었다.

스즈카와 나에게 일어난 변화를 토우카한테 숨김없이 다 털어놓았다.

하지만 토우카가 그걸 쉽게 받아들여 줄 리 없었다.

"그러니까, 이해가 안 간다니까요?!"

"복권에 당첨됐는데 스즈카가 그 돈을 혼자 수령했다. 그래서 증여세 폭탄이 터질 위기였다. 나와 스즈카가 싸우게 될 것 같았다. 그래서 결혼했다. 그게 다라니까?"

"그런 이야기를 어떻게 믿으란 거예요?!"

"아하하⋯⋯. 미안해. 토우카."

"언니는 지금 이게 미안하다는 한마디로 끝날 만한 일이라고 생각해요? 내가 유우키 오빠를 얼마나 좋아하는지 다 알고 있었으면서!"

"내가 알기로는 너 몇 번이나 고백했다가 매번 차였잖아. 그러니까 문제는 없을 것 같은데⋯⋯."

"윽."

스즈카의 여동생인 토우카는 오래전부터 나를 이성으로서 좋아했었다.

어린 시절에 여동생으로서 무척 귀여워했는데, 그래서 토우카는 나에게 호감을 가지게 된 것 같았다.

토우카는 중학교 1학년 겨울에 나에게 고백했다.

중학교 2학년 여름. 또 고백했다.

그리고 중학교 3학년 봄. 이번에도 또 고백을 해버렸다.

마지막 고백은 아마도⋯⋯ 토우카가 중학교를 졸업한 날

이었던가?

몇 번이나 대시를 받았지만 나는 계속 거절했었다.

나에게 토우카는 여동생 같은 존재였으니까. 상대가 아무리 미인계를 써도 전혀 반응이 없었던 것이다.

사실 이 점이야말로 내가 스즈카와 결혼하기로 마음먹게된 약점이기도 했다.

나는 스즈카, 토우카와 많은 시간을 함께 보냈다. 그런데 토우카를 이성으로 보는 것은 '불가능'했지만 스즈카를 이성으로 보는 것은 '가능'했다.

누군가와 비교했을 때 스즈카는 주변의 그 누구보다도 완벽한 우위를 점하고 있었다.

그래서 스즈카와 한 쌍이 되겠다는 결단을 내릴 수 있었던 것이다.

"아아……. 좋아하는 사람을, 친언니에게 빼앗기다니……."

"애초에 사귀지도 않았으니까 빼앗겼다는 표현은 어폐가 있지 않아?"

불에 기름을 붓는 스즈카.

여동생한테 너무 신랄하구나. 옛날부터 토우카한테는 엄하게 대하는 편이었다.

그래서 스즈카 대신에 내가 토우카를 여동생으로서 친절하게 대해 줬다.

지금도 무척 귀여워해 주고 싶은 여동생이긴 한데…….

나를 이성으로서 좋아한다는 말을 들은 다음부터는, 오해를 사도 곤란하기 때문에 좀 거리를 두고 있었다.

"휴……. 결국 제 방해 공작은 소용없었던 거군요."

""방해 공작?""

스즈카와 나는 어리둥절해졌다.

방해 공작이라는 이 위험한 단어는 도대체 뭘까?

"유우키 오빠는 우리 언니를 옛날부터 꽤 많이 좋아했잖아요. 그래서 이성으로서의 호감을 깨닫지 못하도록 제가 방해했던 겁니다."

나와 스즈카는 소꿉친구. 일단 이성으로 볼 수는 있어도, 특별히 좋아하는 것은 아니라고 계속 말했었다.

그러나 막상 큰 결심을 해보니까 금방 알 수 있었다.

소꿉친구로서도 좋아하지만, 이성으로서도 평범하게 좋아한다는 것을.

그것이 왜 이렇게 왜곡됐을까? 하고 상당히 궁금하게 여겼었는데…….

"너 때문이었냐?!"

"그러고 보니 토우카는 나와 유우키를 두고 '사이좋은 소꿉친구'라고 자주 말했었지."

짚이는 것이 너무 많았다.

고등학교 3학년 봄부터 스즈카가 날이 갈수록 점점 더 예뻐지는 것 같았다.

설마 그건 우리 사이를 방해하던 토우카가 고등학교에 들어가며 사라졌기 때문이었던 걸까.

"승산이 없다고 생각하긴 했지만, 이렇게 바로 패배할 줄이야. 전혀 생각도 못 했습니다."

"저기, 있잖아. 토우카. 네가 보기에는 나와 유우키의 관계는 어땠어?"

"사귀기 직전인 소꿉친구 그 자체였습니다. 그러니까 뭐, 일단, 나도 포기했었는데요……. 휴…… 그래도, 유우키 오빠를 빼앗기다니……."

"포기했었다고?"

"유우키 오빠를 완벽하게는 아니어도 어느 정도는 포기하고 있었습니다. 그래서 전 고등학교 기숙사에 들어가기로 했던 겁니다. 중학교 3학년 봄에 고백했을 때 깨달았어요. 아아, 유우키 오빠는 나를 진짜 여동생으로밖에 보지 않는구나…… 하고. 그러니까, 그랬던 거예요."

나를 보면서 토우카는 담담하게 말했다.

"저는 육상 선수가 되어서 유우키 오빠의 코를 납작하게 해줘야겠다고 생각했던 겁니다."

운동을 좋아하는 나를 운동으로 이겨서, 열등감을 맛보여 주려고 했던 건가.

실제로 머잖아 토우카가 운동선수로 활약하기 시작한다면 나는 부러움을 느낄 것이다.

"네 은근히 가학적인 그 성격, 진짜로 무섭거든?"

"그렇습니까? 뭐, 그건 그거예요. 저를 차버렸으니까, 괴롭힘을 당하는 것은 당연합니다."

농담인 것처럼 웃는 토우카.

나도 그다지 심각하게 받아들이진 않았는데, 옆에 있는 스즈카는 그게 아니었나 보다.

"유우키를 괴롭힌다고? 그럼 당장 돌아가."

좀 강경한 말투로 스즈카가 토우카 앞에 서서 말했다.

아니, 겨우 이런 일로 그렇게까지……라고 생각했는데, 스즈카가 갑자기 나를 끌어안았다.

"우리 애 괴롭히지 마. 이제는 좀 진정됐지만, 아직 멘탈이 약해진 상태이니까."

내가 언제 스즈카의 애가 된 걸까.

나는 부드러운 몸에 안겨 있었다.

그리고 스즈카는 토우카에게 계속해서 뭐라고 했다.

"이런저런 사정이 있어서 축구는 그만뒀어. 그 대신 앞으로 좋은 대학에 들어가려고 노력하고 있었는데, 하필이면 오른손을 다쳐서 풀이 죽었다고. 알아?"

"저기…… 어……. 그런 사정이 있었어요?"

토우카는 미안해하는 것처럼 나를 쳐다봤다.

너무 신경 쓸 필요 없어. 그렇게 말하고 싶었지만, 스즈카의 분노는 한층 더 커졌다.

나를 껴안는 힘이 강해진 것이 그 증거였다. 아니, 저기, 숨쉬기가…….

왼손으로 가볍게 스즈카의 몸을 툭툭 쳐봤지만, 스즈카는 아랑곳하지 않고 토우카 앞에서 분노를 드러냈다.

"유우키를 더 이상 괴롭히면 용서하지 않을 거야."

주, 죽겠다. 괴로워. 정말 괴롭다니까……. 지금 네가 나를 괴롭히고 있다고.

탁탁 때려도 스즈카는 눈치채 주지 않았다.

그것을 눈치챈 토우카가 도움의 손길을 내밀었다.

"네, 알겠는데……. 유우키 오빠가 죽을 것 같은데요?"

"뭐? 아, 미안, 미안."

"후, 후유……. 죽는 줄 알았네."

무사히 해방된 나는 크게 숨을 들이켰다.

그렇게 호흡을 가다듬고 있는데, 토우카가 왠지 쓸쓸한 것처럼 나를 쳐다보더니 몸을 일으켰다.

"질투 나네요. 역시 우리 언니와 유우키 오빠는 참 잘 어울려요. 자, 그럼 방해되는 저는 이만 물러나겠습니다. 안녕히 계세요. 유우키 오빠."

"아직 너희 집에는 아무도 없잖아?"

"아뇨. 집에는 어머니가 계실 겁니다. 그저 유우키 오빠가 보고 싶어서 이쪽에 들른 것뿐이니까요. 그럼 행복하게 잘 사세요."

토우카는 쓸쓸하게 손을 흔들더니 떠나갔다.

좋아하는 사람을 친언니에게 빼앗겼다. 괴롭지 않을 리가 없겠지…….

뭐라 표현할 수 없는 감정을 느끼고 있는데, 토우카가 조금 눈물을 흘리면서 돌아오더니 소리를 질렀다.

"이 바보 같은 언니야~! 빈틈이 있으면, 내가 반드시 빼앗을 테니까 각오하세요!"

어른스러운 대응으로 끝내는 게 아니라, 멋지게 아이 같은 유치함을 폭발시키는 토우카.

그런 식으로 선전포고를 당한 스즈카.

역시 이 녀석은 여동생에게는 엄격했다.

"할 수 있으면 해보든가?"

"하, 할 거예요!"

"그나저나 유우키한테 일부러 어른스러워진 것처럼 보이려고 말투까지 바꾸다니, 너무 필사적인 거 아냐?"

"으아아아아아아아앙. 언니는 바보야! 죽었으면 좋겠어!"

정말이지 여동생한테 너무 신랄하다니까……

최근에는 스즈카가 나한테 다정하게 대해 주니까 남들한테도 다 그렇게 하는 줄 알았다.

하지만 실제로는 그렇지도 않은가 보다.

"너무 과했어."

"쓸데없이 다정하게 주는 것보다는, 좀 엄하게 대하는 게 나아. 그게 토우카도 더 빨리 회복될 테니까."

일리가 있었다.

하지만 불쌍했다. 나중에 내가 적당히 달래 줘야지.

어쨌든 토우카는 나한테는 귀여운 여동생이니까.

토우카와 오랜만에 재회하고 나서 우리 집으로 돌아왔다.

거실에서 편히 쉬고 있는데 스즈카가 이상하리만치 가까이 다가왔다.

빈틈이 있으면 내가 빼앗겠다! 하고 선언한 토우카.

그 말에 반응한 건지, 아니면 단순히 나와 사이좋게 놀고 싶어서 그러는 건지 잘 모르겠다.

하지만 나도 싫진 않으니까 문제는 없었다.

"이리 와봐."

카펫 위에 무릎을 꿇고 앉은 스즈카가 탁탁 하고 가볍게 자기 허벅지를 두드렸다.

요컨대 나는 저기에 가서 누워도 되는 거다.

상대가 먼저 제안했는데 내가 거절할 수는 없지.

"그럼 실례하겠습니다."

"실례한다고? 뭐야, 그게."

이상한 말투를 듣고 웃는 스즈카. 나는 그 허벅지를 베개로 삼았다.

부드럽고 기분 좋았다. 얼굴의 왼쪽 절반이 행복했다.

"순순히 어리광을 부리고는 있는데, 이런 건 아직 부끄럽구나……."

"응, 알아. 네 표정이 그런걸."

"그런데 넌 내가 이렇게 스킨십해도 무섭지 않아?"

"야한 짓만 하지 않으면 괜찮아."

"무릎베개는 나한테는 야한 짓이다. 그렇게 말하면?"

"으음~. 괜찮아. 네 표정이 야하지 않으니까."

"후훗. 그게 뭔 소리야?"

"아니~, 유우키, 네 표정은 너무 솔직하거든. 난 야한 표정으로 다가오는 네 얼굴을 보는 게 조금 무서운 것뿐이야."

내 야한 표정……? 그래, 확실히 스즈카에게 정욕을 드러낸 적은 거의 없었지.

나는 생각이 표정에 그대로 반영되는 타입이니까. 뭐, 그렇게 거의 본 적이 없는 얼굴로 들이대면 무서워하는 것도 당연하다. 특히 몇 년이나 계속 얼굴을 보고 지냈던 소꿉친구라면 더더욱.

나는 몸의 힘을 쭉 빼고 스즈카의 무릎을 벤 채 이야기를 나눴다. 그런데 그때.

"아, 귀 파줄까?"

"해준다면 나야 감사하지."

"응, 그럼 잠시 안녕."

무릎베개는 일단 여기서 끝. 스즈카는 귀이개를 찾으러 갔다.

그리고 금방 스즈카의 무릎베개가 재개되고, 이어서 귀 청소가 시작됐다.

즉시 귓속에서 사각사각 소리가 났다.

설마 스즈카가 나한테 이런 것을 해주는 날이 올 줄이야. 깜짝 놀랐다.

얌전히 귀를 맡기고 있는 나에게 스즈카는 다정하게 말을 걸었다.

"좀 부끄럽네. 유우키, 너와 이런 짓을 하다니."

"나도 그래. 네가 이렇게 내 어리광을 다 받아줄 줄은 꿈에도 몰랐어."

"아, 미안. 내가 먼저 말 걸었으면서 이러니까 미안한데, 네가 말하면 이상한 데를 긁을 것 같아. 이렇게 남의 귓속을 건드리는 것도 처음이고."

"그럼 입 다물고 있을게."

느긋하게 흘러가는 기분 좋은 시간. 나는 아무것도 안 하는데도 심심하진 않다는 것이 신기했다.

웬만큼 귀를 깨끗이 청소한 뒤, 스즈카는 마무리 작업을 했다.

"후~~~~."

귓속으로 불어 들어오는 산들바람.

간지럽지만 왠지 기분이 좋았다.

"자, 끝났어. 어때? 내가 귀를 파준 감상은?"

"……정말 좋았습니다."

"그럼 반대쪽도 할래?"

"네, 부탁드릴게요……."

"정말 온순해졌구나."

"아니, 네가 나한테 다정하게 잘해 주니까."

"소꿉친구였을 때부터 나는 다정하게 대했잖아?"

"다정하긴 했지. 하지만 소꿉친구일 때에는 내가 어리광 부리면 넌 틀림없이 신나게 놀렸을걸?"

"네 아내가 되고 나서는 '남편을 놀리는 것은 좀 그렇지~?' 하고 관두긴 했는데, 아마도 그냥 소꿉친구였다면 실컷 놀렸을 거야."

"예를 들자면 어떻게?"

"내가 귀를 파줘서 기뻐하다니, 너 변태야? 하고."

"와, 그만해. 등에 소름이 끼쳤어. 조금, 아니, 상당히 부끄러워."

"아하하, 미안. 좋아, 반대쪽도 깨끗이 청소해 줄게."

나는 말없이 몸의 방향을 바꿨다. 그러자 스즈카는 다정하게 내 귀를 파줬다.

순식간에 귀 청소가 끝났다.

그러나 나는 스즈카의 허벅지를 베고 누운 채 움직이지 않고 편하게 쉬었다.

"최근에는 정말 많은 일들이 있었지……. 복권에 당첨되고, 너와 결혼하고, 축구를 그만두고, 위로를 받고, 너와 첫 데이트를 하고."

"그리고 골절도 당했고!"

"너무 많은 일들이 있어서 좀 웃겨."

"다음에 발생할 큰 이벤트는…… 입시인가?"

"아―. 최근에는 제대로 공부를 못 했으니까, 게으름 피운 것 같아서 죄책감이 느껴져."

"에이, 이 성실한 인간아! 그럼 어서 공부하자, 응?"

저리 가, 저리 가! 하고 자기 허벅지를 베고 있는 나를 쫓아 내려고 하는 스즈카.

하지만 나는 움직이고 싶지 않았다.

"싫어. 여기가 내 베스트 포지션이야."

"어휴! 나도 요새는 좀 공부를 게을리 해서 초조하단 말이야. 비키라니까."

나는 입 다물고 여전히 꼼짝도 안 했다.

눈을 감고 머리를 비비적거리면서 스즈카의 허벅지에 얼굴을 묻었다. 그런데 갑자기 귀가 간지러워졌다.

질척한 소리.

그와 동시에 귓속이 축축해지는 느낌이 들었다.

서, 설마, 귀를 핥은 건가?!

조심스럽게 눈을 떴는데, 이미 스즈카는 내 귓가에서 얼굴을 뗀 상태였다.

"너 무슨 짓 했어?"

"아, 안 했는데."

"아니, 분명히 지금 네가 내 귀를 핥……."

"그, 그게, 네가 얼마 전에 그랬잖아. 내가 핥아 줬으면 좋겠다고. 그래서 그, 어―, 한번 핥아 봤어. 에헷?"

귀엽게 혀를 쏙 내밀면서 얼굴을 붉히는 스즈카. 나는 그 모습을 보면서 귓속을 만졌다.

역시 축축했다. 그것이 내 마음을 크게 흔들었다.

손을 내밀고 싶었다. 지금 당장이라도 스즈카를 만지고 싶었지만 꾹 참았다. 여기서 손을 내밀면, 스즈카의 매력에 사로잡혀 좀처럼 빠져나오지 못할 것 같았다.

여기서 손을 내밀면 틀림없이 인생을 망칠 것이다.

"적당히 해. 안 그러면 내가 널 덮칠지도 모른다?"

"무섭지만, 네가 날 덮쳐도 나는 괜찮거든~? 그 정도로 너를 사랑하니까."

"브레이크가 고장 나서 인생이 다 망가져 버리면 어떻게 책임져줄 건데?"

"유우키, 넌 변태구나? 그건 그러니까 인생이 망가질 정도로 나한테 온갖 짓을 다 해버리겠다는 거잖아? 와, 덮쳐진다~ 도망쳐야지~."

즐거워하면서 내 곁을 떠나는 스즈카.

그 후 아무리 기다려도 스즈카는 돌아오지 않았다. 그래서 나는 에어컨을 켜둔 거실에서 나갔다.

"왜 이렇게 늦었어……. 벌써 땀이 많이 났잖아~."

아직 용도를 정하지 않은 거실 옆방. 나를 피해 도망쳤던 스즈카는 그곳에 있었다.

땀을 폭포수처럼 줄줄 흘리면서. 옷도 땀투성이였다.

더위를 참으면서 내가 찾으러 와주길 기다린 것이다.

우리 아내는 진짜 장난기가 많구나. 이렇게 귀여울 수가 있나?

"미안해. 내가 다쳐서 우울해하니까, 힘나게 해주려고 이러는 거지?"

"아, 들켰네?"

"당연하지. 우리가 몇 년을 사귀었는데. 정말 고마워. 덕분에 기운 차렸어."

"뭐, 우울해진 남편을 위로해 주는 것도 아내가 해야할 일이니까!"

이렇게 좋은 녀석인데도 그동안 좋아한다는 감정을 눈치채지 못했었다.

토우카의 방해 공작이 정말로 성공적이었나 보다.

아무튼 땀투성이가 된 내 아내에게는 냉동실에 숨겨둔 아이스크림을 선물로 줘야겠다.

"이걸 감사의 표시라고 하긴 뭐하지만, 냉동실 안쪽에 숨겨둔 내 아이스크림은 네가 먹어도 돼."

"아—, 그거?"

"벌써 먹었다고 말하려는 건 아니지?"

"아니, 나중에 새로 사다 놓으면 되겠지~ 하고."

"그래서? 사다 놨어?"

"아뇨, 아직……. 저, 저기, 그게, 네가 없어서 외로웠거든. 그래서 네가 냉동실에 숨겨 둔 아이스크림을 먹으면서 내 마음을 달랬던 거야."

변명하는 스즈카. 나는 평소 같으면 좀 투덜거렸을 것이다.

그러나 오늘은 다쳐서 우울해진 나를 어떻게든 기분 좋게 해주려고 스즈카가 열심히 노력했으니까 용서해 줄 것이다. ……라고 말하고 싶지만, 역시 안 되겠다. 나는 스즈카의 머리를 주먹으로 한 대 쥐어박았다.

살며시 다정하게, 쓰다듬는 것처럼 부드럽게.

"미안하다는 말 한마디는 해라, 응?"

"아이스크림을 먹어서 미안해. 그런데 유우키~ 너 전보다 때리는 힘이 약해졌네."

"그런가?"

"응. 요새는 나를 때릴 때 엄청나게 다정한걸. 무슨 심경의 변화야?"

"아내가 가정 폭력이 어쩌고 하니까 어쩔 수 없잖아."

"에이~ 뭔 소리야? 아무튼 땀에 푹 젖었으니까 샤워하고 올게!"

얼른 땀을 씻어내고 싶었던 스즈카는 내 앞에서 떠나갔다.

완전히 그 모습이 사라지기 전에 나는 다시 한번 인사했다.

"고마워."

"뭐, 나는 최고의 아내니까. 안 그래?"

응, 맞아. 정말로 스즈카는 최고의 아내야.

제13화 첫(?) 사랑싸움

뼈가 부러지는 바람에 자유롭지 못한 상태가 된 나.

공부 효율은 뚝 떨어졌지만, 공부 말고 다른 방면에서는 스즈카 덕분에 별로 힘든 점은 없었다.

"아 참, 조만간 내가 친구랑 여행을 갈 예정이잖아? 놀러 갈 기회는 또 있을 테니까, 이번에는 그냥 거절할까~ 생각 중이야."

잠들기 직전의 짧은 시간.

스즈카가 갑자기 놀러 갈 계획을 취소하겠다는 말을 꺼냈다.

그래, 아마 무서운 놀이기구로 유명한 놀이공원에 심야 버스를 타고 놀러 간다고 했던가?

"아니, 왜?"

"다친 너를 혼자 놔둘 수는 없잖아."

"나 같은 놈은 좀 내버려 둬도 죽진 않아."

"하지만……."

스즈카의 농담인 줄 알았는데, 의외로 본인은 진심이었나 보다.

내 마음이 점점 답답해졌다.

현재 나와 스즈카는 자신의 연애 감정을 눈치채고, 서로 더 깊은 사이가 되면서 더욱더 서로에게 푹 빠진 상태였다.

그러니까 부상을 당한 나한테 신경을 써주는 것도 이해는
갔다.

친구와 예전부터 정해놨던 여름방학 여행을 취소하겠다
고 말하는 것도, 이해는 갔다.

"내가 걱정된다. 그래, 그건 알겠는데……."

"과보호라고 말하고 싶은 거야?"

"응, 그런 거야."

"하지만 유우키, 너를 혼자 놔두면 걱정되는걸……."

"아무리 그래도 놀러 갈 계획까지 취소하는 건 과하잖아?"

청춘의 한 페이지.

그것을 잃어버리는 고통을 잘 알고 있기 때문에, 나는 스
즈카가 청춘을 소중히 여기기를 바랐다.

후회는 평생 남는다.

나는 지금도 후회하고 있다.

오랜 시간을 바쳐왔던 축구를, 아름답게 마무리하지 못했
던 것을.

아마 나중에 늙어서도 계속 후회할 것이다.

후회를 가슴속에 품은 채 앞으로도 쭉 살아갈 것이다.

아무리 스즈카에게 위로를 받아도, 스즈카와 행복한 시간
을 보내도.

틀림없이, 절대로 나는 축구를 잊지 못할 것이다.

"지금 이 순간을 소중히 여겨줘. 나 같은 녀석보다도."

"지금 이 순간이 소중하니까 너를 소중히 여기는 건데?"

"어휴……."

한숨을 쉬는 나의 태도가 마음에 안 든 걸까. 스즈카는 불쾌한 목소리로 말했다.

"나는 너를 엄청나게 걱정하는데, 너는 뭐야? 그 태도는 너무하지 않아?"

"걱정이 도가 지나치다는 거야. 당연히 고맙다고 생각은 하는데?"

"과연 그럴까……?"

"좋아, 그럼 분명히 말할게. 그렇게까지 걱정해 봐야 오히려 나한테 폐가 된다고. 알았어?"

청춘을 포기할 필요도 없는데 스스로 포기하려고 하는 스즈카에게 나는 좀 화가 났다.

나를 소중히 여기려고 하는 것은 알겠는데, 이 정도로 지나치게 소중한 대접을 받는 것은 싫었다.

"그렇게 심하게 말할 필요는 없잖아! 유우키, 이 바보야!"

스즈카는 통통 부은 얼굴로 화를 냈다.

아니, 화내고 싶은 사람은 나거든?

"그건 내가 할 말이야, 이 바보야!"

"아~ 네. 유우키, 넌 내가 소중히 대해주는 게 싫은가 보구나? 그럼 앞으로는 아무것도 안 해줄 거야~~~."

"그래, 네 마음대로 해. 나도 굳이 너한테 의지하지 않아도 괜찮거든?"

어린 시절부터 진지한 말싸움을 시작하면 우리는 서로 상대를 노려봤다.

네가 잘못했어. 네가 사과해. 그런 강한 의지를 보여주는 것이다.

1분 후.

스즈카와 내가 같은 성을 쓰게 된 이후로는, 싸움다운 싸움을 한 것은 처음이었다.

대체 몇 번이나 스즈카와 이런 짓을 했었는지…….

따끈따끈한 신혼부부인데 싸움 따위는 하고 싶지 않았다.

결판을 내지 못한 채, 오랫동안 싸우고 싶진 않다는 마음이 점차 강해졌다.

"미안……. 말이 너무 심했어."

일단 사과했다.

그러자 스즈카도 나와 마찬가지로 머리를 숙였다.

"아냐. 나야말로 미안해, 응?"

"네가 많은 걸 해주는 만큼 너한테 미안하기는 해. 하지만 내가 축구 때문에 후회했으니까, 너는 후회할 만한 행동은 안 했으면 좋겠다는 게 내 마음이야."

"아―, 그렇구나. 응, 그러네. 어쩌면 '그때 그냥 놀러 갔으면~' 하고 후회하게 될 가능성도 있지."

"내 표현 방식이 서툴러서, 아니, 거친 말투로 말해서 기분 나빴지? 미안해. 음, 잘못했습니다."

"아니야. 나야말로 정말 죄송합니다. 내가 너를 걱정하는 것처럼, 너도 나를 걱정해 주는 거였는데."

"……응. 그래서 어떻게 할 거야?"

"너한테는 미안하지만, 역시 친구와 같이 놀러 갔다 올게."

"그래, 그래. 여름이잖아. 친구들하고 즐겁게 놀다 와, 알았지?"

"하지만 유우키, 네 생활은 여전히 걱정되는데……."

"가끔은 혼자 느긋하게 지내는 것도 좋거든?"

"알았어. 그럼 사양하지 않고 놀러 갔다 올게. 괜찮지?"

일이 하나 해결됐다. 분위기가 부드러워지기 시작했다.

싸움은 했는데 순식간에 종료. 그렇게 생각하니, 나와 스즈카는 웃음을 참을 수 없었다.

얼마 전 같았으면 훨씬 더 격렬하게 싸웠을 텐데.

그렇다면 지금은 왜 다른 걸까. 그 이유는 물론…….

"우리, 서로를 너무 좋아하는 거 아냐……?"

"후후. 그러게."

"풋. 진짜 바보같이 단순해서 웃기다."

"아하하하. 사랑의 힘이 설마 이 정도로 강할 줄이야. 그렇게 생각하면 생각할수록 왠지 웃음이 나오네."

나날이 커져가는 나와 스즈카의 사랑.

그 효과가 이렇게 눈에 보일 정도로 나타나는 것이 우스꽝스러웠다.

몇 달 후에는 어떻게 될지 몰라도, 지금은 이런 싸움도 금방 끝나고 우리는 웃게 되었다.

그런 특별한 시간이 가능한 한 오래 이어졌으면 좋겠다.

"비 온 뒤에 땅이 굳어진다는 말도 있잖아. 우리 좀 더 싸워볼까?"

"그래, 이것도 기회니까. 그럴까?"

"있잖아, 내가 사준 드로즈는 왜 안 입어?"

"아니, 그건 당연히 부끄러우니까……."

"너무해! 아내인 내가 일부러 사다준 건데, 소중하게 여기지 않다니……."

나와 스즈카는 싸움이라고 칭하면서, 서로에게 가지고 있던 불만에 관해 조금만 말다툼을 해봤다.

제14화 웨딩드레스

"다녀왔습니다!"

싸움이라고 할 수도 없는 싸움을 한 지 며칠 후.

스즈카는 예정대로 친구와 놀러 갔다가 만족스러운 얼굴로 돌아왔다.

나는 집에 혼자 있었는데, 부상 때문에 불편했던 것만 빼면 특별한 문제는 없었다.

"재미있었어?"

"응! 앞으로 입시 준비하느라 바빠져서 같이 놀 기회는 거의 없을 테니까, 좋은 추억이 되었어. 자, 유우키. 이건 너 주는 선물이야."

"고마워."

과자를 선물로 받았다.

그리고 복권 당첨의 영향을 여기서 확실하게 느꼈다.

"많기도 하네."

"그야 뭐, 이 정도로 돈을 써도 전혀 타격이 없으니까. 아니, 그런데~. 유우키. 너한테서 향수 냄새가 나는 것 같은데. 기분 탓인가?"

"네가 사용하는 향수로 장난 좀 쳐봤습니다."

"귀여운 놈."

왜냐하면 아내가 곁에 없었으니까.

괜히 아내가 있으면 할 수 없는 짓을 하고 싶어졌던 것이다.

"어, 그리고……."

"응?"

"향수를 뿌린 채 침대에서 굴러다녔습니다. 그래서 침대에서 향수 냄새가 진동합니다."

"어린애냐."

"윽."

"이 못된 장난꾸러기 같으니. 시트를 빨면 냄새는 사라지겠지만……. 아, 그래. 이것저것 알아 봤는데, 시트나 베개 커버는 여분도 필요한 것 같아."

"다음에 사러 갈래?"

"오케이―."

"언제 가?"

"음~, 내일은 어때?"

"그럴까. 저기, 모처럼 외출하는데 맛있는 음식도 먹는 건 어때?"

"좋아, 그럼 고기 먹자! 유우키, 네 상처를 낫게 하기 위해서라도 양질의 영양분을 잔뜩 공급해줘야 해."

"비싼 고기는 지방이 많으니까……. 닭가슴살이 건강해서 좋다고 생각하는데."

"이 삐뚤어진 인간아. 이런 상황에서는 '좋아, 가자!'라고 말해야 하는 거 아냐?"

스즈카는 반짝반짝 눈을 빛내면서 특상 갈비, 일본 흑우의 우설, 또 지금은 관리하기 어려워져서 가격이 올라간 육회 등등, 온갖 호화로운 고기들을 상상하는 것 같았다.

"그래, 그럼 먹으러 가자."

♡ ♡ ♡

다음 날. 우리는 선언했던 대로 여분의 베개 커버와 시트를 사려고 외출했다.

모처럼 외출했으니까 점심으로는 호화롭게 고기를 먹었다.

배부르게 먹어서 만족한 우리들은 진짜 목적을 달성하기 위해 걷기 시작했다.

그 고기가 맛있었다느니, 육회를 또 먹고 싶다느니 하고 이런저런 이야기를 하면서 걷고 있는데, 길거리에서 어떤 여자한테 받은 전단에 뭔가 재미있는 내용이 적혀 있었다.

『예식장 오픈! 웨딩드레스 시착 이벤트 개최 중! 비용은 무료!』

"있지, 이건 진짜 공짜일까?"

"어~ 잠깐만."

휴대폰이라는 문명의 이기를 이용해 스즈카는 즉시 정보를 조사했다.

나는 조사하지 않느냐고? 아니, 오른팔을 다쳐서 한 손으로는 휴대폰을 만지기 어려우니까…….

"오—, 진짜 무료인 경우가 대부분이래."

"그럼 가볼까?"

"응, 가자, 가자!"

의욕적인 스즈카와 함께 전단을 보고 이동했다. 이제 막 개장한 예식장으로.

무사히 도착해서 웨딩드레스 시착 이벤트에 참가 신청을 하려고 했는데…….

나와 스즈카의 얼굴을 본 접수원이 완곡하게 거절을 했다.

"손님, 죄송합니다. 좀 전에 인원이 다 차서…….."

인원이 다 찼다는 것은 아무리 봐도 거짓말이었다.

아마도 나와 스즈카가 너무 어리다는 것이 원인일지도 모른다.

상식적으로 본다면, 결혼식을 올릴 예정도 없어 보이는 고등학생 커플이 놀러 온 거라고 생각되어도 이상하진 않을 것이다.

좀 아쉬운 기분으로 나와 스즈카는 일부러 찾아왔던 아름다운 예식장을 뒤로했다.

"치—. 뭔가 좀 불쾌한 대응이었지? 인원이 다 찼다니 누가 봐도 거짓말이잖아. 물론 우리는 고등학생이지만, 그냥 커플도 아니고 진짜 부부인데…….."

"너무 화내지 마. 저쪽도 장사를 하는 거잖아."

"하지만……. 드레스를 입을 수 있나? 하고 무지무지 기대했단 말이야."

납득을 못 하는 스즈카를 달래주면서 나는 진짜 목적이었던 쇼핑을 하러 갔다.

♡ ♡ ♡

웨딩드레스 시착을 거절당하고 나서 몇 시간 후.

우리는 이러니저러니 해도 즐겁게 침대용 예비 시트와 베개 커버를 구입할 수 있었다.

그 외에도 이것저것 샀기 때문인지 짐이 한가득 있었다.

자, 이제 돌아갈까 하고 전철을 타려고 역으로 갔다. 그런데 역은 사람들로 꽉 차 있었다.

그렇다. 전철이 멈춰버린 것이다.

노선의 일부가 파손되는 바람에 수리하느라 시간이 걸리는 듯했다.

역 안에는 사람들이 우글우글해서 들어가지도 못할 것 같았다. 역 주변도 인산인해였다.

버스 쪽에는 사람들이 길게 줄을 서 있었다. 택시 승강장에서도 택시의 모습은 보이지 않았다.

자, 그럼 어떻게 돌아갈까.

"으음─, 교통수단이 전부 마비된 것 같네."

돌아갈 방법을 찾아봤지만, 지금 당장 돌아갈 수 있는 방법은 발견되지 않았다.

여기서 가만히 기다리는 것만이 해결책이었다.

일단 '도보'라는 수단도 있었지만 현실성이 없었다.

"큰일 났다. 사람들이 점점 더 모여들고 있어."

"어휴……. 오늘은 밖에서 노숙해야 할지도 모르겠네. 날씨도 더운데, 진짜 싫다……."

"차라리 호텔을 찾아볼까?"

"좋은 생각이야. 지금이라면 아직 묵을 수 있는 방이 있을지도 몰라."

언제 전철이 움직일지 모른다.

계속 밖에 있기는 싫었다. 그래서 나와 스즈카는 어딘가에 묵기로 했다.

역 앞을 걷다가 '호텔'이라고 적힌 간판을 발견했다.

어떤 호텔인지 확인하지도 않고 가벼운 마음으로 안에 들어가 버렸다.

그리고 들어온 다음에 깨달았는데…….

나와 스즈카가 무심코 들어온 이 호텔은, 그냥 자고 가는 게 메인이 아닌 종류의 호텔이었다.

그리고 다행히 빈방도 있었다.

하지만 뭔가 이게 아니다 싶은 느낌이 들었다. 그래서 밖에 나가려고 했는데, 스즈카가 내 소매를 잡아당겼다.

"나, 나는, 여기도 괜찮아……."

"야, 저, 정말 괜찮아?"

"으, 응. 아니, 자칫하면 역 앞에서 밤샘을 해야 할지도 모르는 상황이잖아?"

"하긴, 이 호텔의 방도 슬슬 차기 시작하는 것 같네……."

밖에서 하룻밤을 보내기는 싫어서 나와 스즈카는 여기 묵기로 했다.

내부는 깨끗했다. 평범한 호텔과 크게 다르진 않았다.

그래서 그런지 별다른 긴장감도 없이 우리 둘은 편하게 쉬기 시작……할 리가 없잖아?!

목이 바짝 말랐다. 극도로 긴장해서 어쩔 줄을 몰랐다.

"난 이런 곳에는 처음 와봐."

"나, 나도 그래. 저, 저기. 어, 어쩔래?"

"뭘?"

"그런 거 말이야……. 나, 나는, 이미 각오는 했으니까……."

침대에 눕는 스즈카.

"하, 할래?"

"아, 아니, 그러니까 뭘?"

"보, 보통 이런 곳에서 하는 일이지? 아, 잠깐만, 오늘은 더웠잖아. 나 샤워하고 올게!"

스즈카는 도망치듯이 방 안에 있는 욕실로 뛰어갔다.

혼자 남은 나는 침대에 앉았다. 우리 둘이 사용하기에는 아무런 불편함도 없는 크기의 침대였다.

"그렇게 덜덜 떨 정도면 '여기도 괜찮다' 하고 말하지나 말든가. 나 참, 저 녀석. 바보인가?"

나를 유혹하는 스즈카의 몸이 덜덜 떨리던 광경이 내 눈에는 선명하게 박혀 있었다.

덮치고 싶지만, 그렇게 무서워하는 스즈카를 과연 덮쳐도 되는 걸까?

나는 오른팔을 힐끗 봤다.

"한심하네……."

이 상태라면 절대로 자연스럽게는 못 할 것이다.

이미 결혼했어도 나는 스즈카와의 추억을 소중히 하기로 결심했다.

중간에 건너뛰어 버린 과정도 제대로 선사해 주기 위해 노력하고 싶었다.

인생에 단 한 번뿐인 사랑. 타협 따위는 허용하고 싶지 않았다.

"야한 짓을 하기 싫은 것은 아니지만. 좀 더 나중에 해도 되잖아."

나와 스즈카에게는 아직 이르다. 나는 속으로 그렇게 되뇌었다.

자, 그럼 방 안이나 탐색해 볼까. 호기심이 왕성한 나는 뭔가 재미있는 게 없을까? 하고 주위를 둘러봤다.

이것저것 찾아보다가 흥미로운 광고의 존재를 눈치챘다.

'1층에서 새로 나온 코스튬 플레이 의상 판매 중!'이라고 적힌 종이였다.

어느새 나는 1층으로 가고 있었다.

♡ ♡ ♡

경험이 전혀 없기는 해도, 이곳이 어떤 장소인지는 알고 있었다.

샤워를 마친 아리따운 모습의 스즈카는 몸에 수건을 두른 채 침대에 앉아 있었다.

"자, 덤벼라!"

이상한 태도로 나를 유혹하는 스즈카.

아무리 봐도 각오가 안 된 모습이었다.

내가 다가가자 스즈카는 슬금슬금 움직이면서 살짝 거리를 두려고 했다.

"그러게 무리하지 말라고 했잖아."

"무리하는 거 아니야……. 그, 그그그, 그러니까, 난 괜찮은데?"

"야. 나도 너 오래 봤어. 네가 무서워한다는 것쯤은 당연히 알거든? 아니, 네 목소리가 미친 듯이 떨리고 있으니까 누구라도 다 알겠다. 네가 무서워한다는 건."

"그, 그럼, 괜찮아? 안 해도?"

"나도 팔이 이 모양이잖아. 덜덜 떨고 있는 너를 절대로 리드해 줄 수 없어. 틀림없이 성대하게 실패할 거야. 게다가 난 너를…… 소중히 여기고 싶은걸."

그렇게 말하면서 나는 깁스로 고정된 팔을 보여줬다.

스즈카가 무서워하고 있기도 했지만, 이렇게 불편한 상태로 첫 경험을 하는 것은 나의 하찮은 자존심이 허락하지 않았다.

"유우키. 난 너한테 마구 달라붙으면서 어리광 부리고 있잖아. 아마 너는 속으로는 번뇌하면서도 나를 위해 꾹 참고 있을 텐데. 그러니까…… 더는 참을 필요 없어. 응?"

"아, 물론 나도 이런 곳에 오면 번뇌하기는 하지. 좋아, 그럼 조금만 즐기게 해줄래?"

"뭐? 여, 역시, 넌 그럴 마음이 있었구나?! 유, 유우키, 너 무해. 나를 방심시켜놓고 덮치려고 하다니……."

나는 일부러 보란 듯이 열 손가락을 쥐었다 폈다 하면서 덮치는 시늉을 했다.

그리고 그 반응을 즐긴 뒤, 스즈카가 샤워하는 동안에 사 온 물건을 꺼냈다.

"오늘은 안 해. 하지만 이왕 이런 곳에 왔으니까 조금만 즐기자. 언제였는지는 잊어버렸는데, 코스튬 플레이를 해보고 싶다고 했었잖아?"

1층에 있는 프런트에서 사 온 물건을 스즈카에게 건네줬다.

"코, 코스프레 의상이야?"

"이런 곳이니까. 네가 평소에 해주지 않는 일을 해 달라고 해야지."

건전한 남자인 나. 여자애와 야한 짓은 하지 못하더라도, 이런 곳에 왔으니 뭔가는 하면서 즐기고 싶었다. 그래서 평소에는 안 할 것 같은 일을 스즈카에게 시키려고 하는 것이다.

"우후후. 뭐야, 진짜."

"그래서? 대답은?"

"나를 좋아한다고 말해주면, 해줄게."

"스즈카, 정말 좋아해. 코스프레를 해준다면 나는 기뻐서 눈물을 흘릴 거야."

흘러넘치는 욕망. 징그러운 말을 하고 있다는 것은 자각하고 있었다.

하지만 겨우 이런 언동으로 아내가 나를 싫어하게 될 리가 없다는 것을 나는 잘 알고 있었다.

그래서 안심하고 이런 말을 해버린 것이다.

"부끄럽네. 좋아, 알았어. 네가 좋아한다고 말해 줬으니까. 유우키, 나도 너를 정말 좋아해."

스즈카는 내가 사 온 의상을 들고, 욕실에 딸린 탈의실에 가서 옷을 갈아입기 시작했다.

아직 멀었나? 하고 기다린 지 몇 분이 지났다.

어차피 싸구려에 조잡한 옷일 테지만, 그래도 스즈카는 틀림없이 가슴 설레는 모습으로 등장할 것이다.

너무 궁금해서 그런지 나는 조급하게도 옷을 갈아입는 스즈카에게 말을 걸었다.

"사이즈는 어때?"

"글쎄, 좀 작은가……? 아, 그래도, 유우키, 너 센스 좋다."

"그렇지?"

"있잖아. 내가 도망쳐 버린 것 같아서 미안해. 너랑 그, 그걸 한다고 생각하니까, 무서워서 저절로 몸이 떨렸어."

"응, 보면 알아."

"역시 아직은, 이런 게…… 왠지 무서워서. 이런 내가, 성가신 여자인 걸까……?"

"그건 지나친 걱정이라니까. 게다가 앞으로 계속 이럴 것도 아니잖아?"

"당연하지. 왜냐하면 나는 너를 많이 좋아하니까. 또 남들처럼 야한 짓에도 관심이 있어. 다만 상황이 너무 갑작스러워서, 내 감정이 아직 따라오지 못한 것 같아."

무서우면 무서워해도 상관없다. 그게 당연했다.

지금까지 안 했던 뭔가를 하려면, 거의 십중팔구 용기가 필요하니까.

나는 언제까지나 기다릴 수 있다. 그 정도로 지금 대화를 나누고 있는 내 아내를 좋아했다.

……스즈카가 어떻게 어리광을 부리느냐에 따라서, 나도 못 참고 덮쳐버릴 수도 있지만.

하하. 정말이지, 복권 때문에 순서가 엉망이 되었구나…….

생각하면 생각할수록 영문을 알 수가 없었다.

그리고 마침내 준비는 끝난 것 같았다.

"있잖아, 유우키. 고마워."

욕실의 탈의실에서 순백의 웨딩드레스를 입은 스즈카가 나타났다.

부끄러워하는 것처럼 눈을 살짝 내리깔고 치맛자락을 가볍게 들어 올리고 있었다.

너무 예뻐서 심장의 고동이 빨라진 것이 확실히 느껴졌다.

"고맙다니, 뭐가?"

"내가 웨딩드레스를 입어보려고 하다가 거절당해서 아쉬워했잖아. 그래서 일부러 입게 해준 거지?"

"그야 뭐, 너의 그런 표정을 봤는데 아무것도 안 할 수는 없잖아?"

"응. 그래서 어때? 어울려?"

순백의 드레스를 입은 스즈카가 수줍어하면서도 나에게 자기 몸을 보여줬다.

큰 가슴과 잘록한 허리를 감싼 순백의 광택 있는 천.

특히 스커트에서 뻗어 나온 다리와, 대담하게 노출된 겨드랑이의 파괴력은 굉장했다.

한번 보기만 해도 즉시 눈을 떼지 못하게 될 정도였다.

"예뻐. 그런데 생각보다 더 야하네. 억지로 입을 필요는 없는데."

"아냐. 좀 과격하긴 하지만 이 정도는 괜찮아. 그리고 솔직하게 대담한 너한테는 상을 줘야겠어. 자, 귀여운 포즈를 취해 줄게!"

스즈카는 좀 야한 드레스를 입은 채 귀여운 포즈를 나에게 보여줬다.

내가 건네준 코스튬 플레이 의상은 엄밀히 말하자면 '웨딩드레스 비슷한 것'이었다.

단지 웨딩드레스의 이미지를 모방했을 뿐이지, 실은 노출이 심해서 아무리 봐도 웨딩드레스는 아니었다.

하지만 웨딩드레스와 비슷해 보이긴 했다. 실제로 스즈카가 내 앞에 모습을 드러냈을 때에는 그렇게 보였다.

드레스 시착을 거절당하고 아쉬워하던 스즈카에게는 안성맞춤이겠다. 그렇게 생각해서 골라 봤는데, 호평을 받아 일단 안심했다.

귀여운 포즈를 취해 주는 스즈카를 구경하다 보니 점점 심장에 불이 붙었다.

언젠가는 진짜 웨딩드레스를 입은 모습을 제대로 보고 싶다.

"너 신났구나."

"응, 당연히 이런 식으로 노는 거 재미있으니까. 아, 유우키. 사진 찍어줘."

"좀 야한데. 괜찮아?"

"괜찮아. 야하긴 해도, 너 말고는 아무한테도 안 보여줄 테니까. 아, 너도 남한테 보여주면 안 돼, 알았지?"

"아무한테도 안 보여줘."

"그런데 나한테 코스프레를 해 달라고 부탁하다니. 너도 제법 욕망에 충실한 남자구나."

"왜, 나빠?"

"나쁘지 않아! 나도 욕망이 시키는 대로 좀 더 마음껏 어리광을 부려야지~. 나를 더 칭찬해 줘, 응?"

생글생글 웃으면서 귀엽게 재촉하는 스즈카. 어리광을 부리거나 또 어리광을 받아줘도, 뭘 해도 귀여운 이 소녀가 원한다면 나는 뭐든지 해낼 수 있을 것 같았다.

"스즈카. 넌 세계 최고로 예뻐."

"그건 전에도 들었어! 나는 다른 칭찬을 원해."

"이렇게 신나게 코스프레를 해주다니. 너무너무 귀여워."

"에헤헤. 저기, 있잖아. 언젠가는 나한테 진짜 제대로 된 웨딩드레스를 입혀줄 거야?"

그걸 확인하려고 하다니. 뜻밖이었다. 나는 야하고 예쁜 드레스를 입은 스즈카 앞에서 당당하게 가슴을 펴고 말했다.

"당연하지. 반드시 입혀줄 거야. 아니, 반드시 입어 달라고 할 거야."

"응! 즐겁게 기다릴게!"

♡ ♡ ♡

햇빛이 들어오지 않는 호텔 침대에서 나는 눈을 떴다.

스즈카와 나는 둘이 나란히 누워서 손잡고 잤다. 우리 집에서 늘 그러듯이.

물론 그 이상의 행동은 하지 않았다.

"흐아암~. 잘 잤어? 후후. 어제는 완전 신나게 놀았었지."

"응, 진짜로."

순백의 웨딩드레스 같은 옷 외에도 몇 가지 코스튬 플레이 의상을 구입했다.

여자 경찰관 의상에는 장난감 수갑도 딸려 있어서 그것을 가지고 놀았다.

간호사 복장을 한 스즈카가 연상의 누님 역할을 연기하고 나는 환자인 척하는 역할극도 했다.

그리고 스즈카가 아이돌 같은 옷을 입었을 때에는, 방에 노래방 기계도 있는 김에 둘이 함께 열창을 했다.

더 나아가 스즈카는 폭주하다가 고양이 귀와 꼬리까지 착용했다.

고양이가 됐으니 주인님한테 어리광을 부려야 한다! 하고 헛소리를 하면서 내 몸에 찰싹 달라붙기도 했고, 혀로 살살 나를 핥기도 했다.

나한테 덮쳐지는 것은 무섭지만, 자기가 먼저 스킨십을 하는 것은 오케이.

거침없이 나를 공격하는 죄 많은 여자였다.

아니, 실은 덮쳐도 된다는 허가는 났는데도 끝까지 덮치지 않은 나도 어지간하지만.

"갑자기 시작되긴 했어도, 지금은 이런 생활이 너무 행복해서 무서울 정도야!"

"맞아. 이제는 진짜 즐거워서 어쩔 줄 모르겠어."

"유우키, 여기 좀 볼래?"

침대에 누워 있는 나는 스즈카를 향해 돌아누웠다.

그러자 스즈카는 작은 숨을 흘리면서 미소 지었다.

"유우키. 진~짜 사랑해. 앞으로도 잘 부탁해, 응?"

틀림없이 앞으로 나와 스즈카의 인생에는 여러 고난이 기다리고 있을 것이다.

그래도 나는······.

최선을 다해 스즈카를 행복하게 해주고, 나도 행복하게 해 달라고 할 것이다.

복권에 의한 결혼 생활은 이제 막 시작됐다.

저절로 외면하고 싶어지는 일이 있어도, 스즈카와 함께 똑바로 마주 보도록 하자.

바닥에 흩어져 있는 수많은 코스튬 플레이 의상을 보면서 나는 쓴웃음을 지었다.

"있잖아. 우리 이렇게 계속 돈을 펑펑 쓰다 보면 위험할지도 몰라."

"돈 씀씀이가 헤퍼졌지······."

행복을 오래 유지하기 위해서는 돈에 관해 진지하게 생각해봐야겠다.

아무리 그래도 최근에는 너무 생각 없이 돈을 많이 썼으니까.

아침에 일어나면 내 곁에 아내가 있다.

앞으로도 쭉 이렇게 지낼 수 있도록, 앞일을 생각해야지.

후기

처음 뵙는 분, 만나서 반갑습니다. 오랜만에 뵙는 분, 오랜만입니다.

안녕하세요. 저자 쿠로이입니다.

이번에는 수많은 작품들 중에서 『내 아내는 변태일지도 몰라』를 선택해주셔서 진심으로 감사를 드립니다.

라이트노벨 업계에서는 바야흐로 러브 코미디가 대유행하고 있는데요. 이 와중에 어떻게든 살아남을 수 있기를 바라면서, 여기서는 후기답게 작품에 관한 소소한 비화라도 말씀드리려고 합니다.

이 작품이 지향하는 바는 오로지 귀여운 소녀와 함께하는 달콤한 일상입니다.

하지만 그것만으로는 뭔가 좀 부족하죠. 고등학생이 고민하고 괴로워하는 청춘의 모습도 보여드리고 싶었습니다!

그리하여 주인공이 동아리 활동 때문에 괴로워한다는 스토리가 탄생했습니다.

하지만 단순히 괴로워하는 것으로 끝나진 않습니다.

괴로움을 맛본 사람이 꼭 행복해졌으면 좋겠다.

그런 마음으로 중반부터 후반에 걸쳐서는 온 힘을 다해 달콤한 일상을 그려냈습니다.

그리고 주변 캐릭터들도 일부를 제외하면, 정말로 착한 캐릭터를 기본 이미지로 창조했습니다.

특히 스즈카의 어머니는 꽤 재미있는 캐릭터가 된 것 같아요.

자, 그럼 이번에는 메인 히로인인 스즈카의 이야기를 해 볼까요.

이런 아이가 옆에 있으면 틀림없이 인생이 즐겁겠지~?란 느낌을 스즈카에게 잔뜩 집어넣어 봤습니다.

그리고 스즈카의 외모 말인데요. 처음에는 검은 머리로 할 생각이었습니다만…….

아유마 사유 선생님께 캐릭터 디자인을 부탁드리려고 설정 자료를 만드는 도중에 문득 생각했습니다. 다음 히로인도 검은 머리라니, 이래도 되나? 하고.

그렇습니다. 러브 코미디 작품이 무수히 간행되고 있는 현재 상황을 보고, 이대로 가다가는 존재감 없이 파묻혀 버리겠는데? 하고 생각한 겁니다.

그래서 새로운 가능성이라기보다는, 작금의 러브 코미디 대홍수 속에서 살아남기 위해 독자들의 눈에 띄는 분홍 머리로 해보고 싶습니다! 하고 설정 자료에 적어놨습니다.

그것이 무사히 채용돼서 지금 여러분이 보고 계시는 스즈카가 탄생한 겁니다.

어떠신가요?

무지무지 귀엽죠?

스즈카를 탄생시켜주신 아유마 사유 선생님께는 아무리 감사를 드려도 모자랄 지경입니다.

자, 다음으로는 웹 소설과 서적의 내용이 다르다는 문제에 관해 짚고 넘어가겠습니다.

네. 맞습니다. 대놓고 수정을 했습니다.

설정부터 다시 살펴보고 스토리도 재검토를 했습니다.

이 작품은 신작으로서 간행됐지만, 웹 소설로서 연재된 것은 2019년 겨울부터였습니다.

그래서 현재에 맞춰 새롭게 잘 개선시킬 필요가 있었습니다.

뭐, 그래도 가필은 50퍼센트 정도가 될 예정이었습니다만…….

정신을 차려 보니 지금과 같은 『내 아내는 변태일지도 몰라』란 작품이 되어 있었습니다.

결과적으로는 웹 소설과는 또 다른 분위기를 지닌 좋은 작품이 됐다고 생각합니다!

서적과는 내용이 어떻게 다른지 궁금하시다면, 웹 소설도 한번 읽어봐 주시길 바랍니다.

끝으로 이 작품을 도와주신 분들께 인사를 드리고 싶습니다.

원고 수정을 몇 번이나 같이 해주신 담당 편집자 3대째 S 님, 저번 작품과 이번 작품의 기획까지 도와주신 2대째 S 님, 예쁜 일러스트를 그려주신 아유마 사유 선생님, 그 외에도 많은 분들 덕분에 이 작품을 세상에 내놓을 수 있게 되었습니다.

정말로 감사합니다.

가능하다면 다음에 또 만날 기회가 있기를 기대해봅니다.

쿠로이

ORE NO OYOMESAN, HENTAI KAMOSHIRENAI Vol.1 -ZEROKYORI
DATTA OSANANAJIMI, KEKKON SHITATOTAN SOKUOCHISHITE ORE NI
MUCHUDESU-
©Kuroi, Ayuma Sayu 2021
First published in Japan in 2021 by KADOKAWA CORPORATION, Tokyo.
Korean translation rights arranged with KADOKAWA CORPORATION, Tokyo.

내 아내는 변태일지도 몰라
—거리감이 전혀 없었던 소꿉친구, 결혼하자마자 퐁당! 나한테 푹 빠졌습니다—

2023년 10월 1일 1판 1쇄 발행

저　　　자	쿠로이
일 러 스 트	아유마 사유
옮 긴 이	한수진
발 행 인	유재옥
총 괄 이 사	조병권
담당편집자	정지원
편집 1팀	박광운
편집 2팀	정영길 조찬희 박치우 정지원
편집 3팀	오준영 이해빈 이소의
라 이 츠	김정미 맹미영 이윤서
디 지 털	박상섭 김지연 윤희진
미　　　술	김보라 박민솔
발 행 처	㈜소미미디어
인쇄제작처	코리아피앤피
등　　　록	제2015-000008호
주　　　소	서울시 마포구 토정로222, 403호(신수동, 한국출판콘텐츠센터)
판　　　매	㈜소미미디어
영　　　업	박종욱
마 케 팅	최원석 박수진 최정연 박소연
물　　　류	허석용 백철기
전　　　화	편집부 (070)4164-3962, 3963 기획실 (02)567-3388
	판매 및 마케팅 (070)4165-6688, Fax (02)322-7665

ISBN 979-11-384-8035-2 04830
ISBN 979-11-384-8034-5 (세트)